Le Talisman de Nergal

HERVÉ GAGNON

LE TALISMAN DE NERGAL

Michel LAFON

À paraître :

Le Talisman de Nergal, tome 2
Le Trésor de Salomon

7-13, boulevard Paul-Émile-Victor – Île de la Jatte
92521 Neuilly-sur-Seine Cedex
www.michel-lafon.com

HERVÉ GAGNON

Hervé Gagnon a deux passions : l'Histoire et l'écriture. Ses activités professionnelles d'historien et de muséologue l'ont amené à explorer des périodes et des thèmes variés. En parallèle, il se plaît depuis longtemps à arpenter les recoins ignorés du passé, à la recherche des aspects ésotériques auxquels l'Histoire « officielle » s'intéresse peu. Avec *Le Talisman de Nergal*, il s'est permis de créer un lien occulte entre les époques et de donner aux événements connus un tout autre sens.

Pour en savoir plus, visitez le site
www.talismandenergal.com

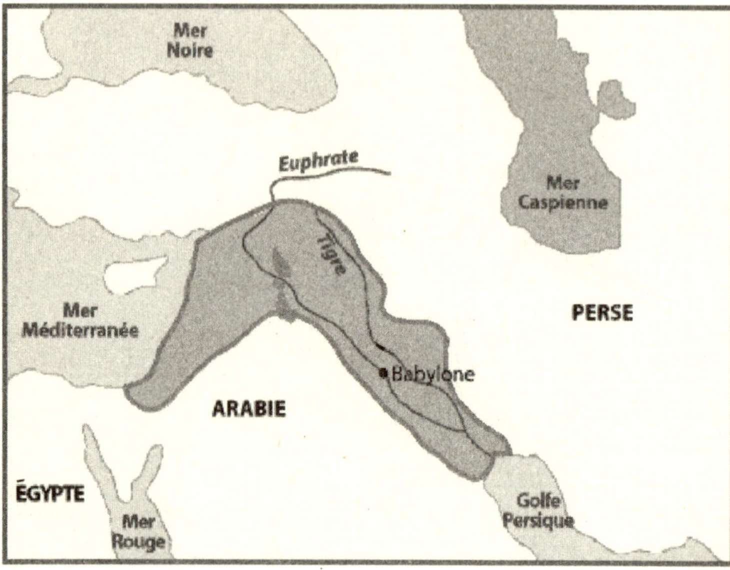
Mer
Noire
Euphrate
Mer
Caspienne
Tigre
Mer
Méditerranée
PERSE
Babylone
ARABIE
ÉGYPTE
Golfe
Persique
Mer
Rouge

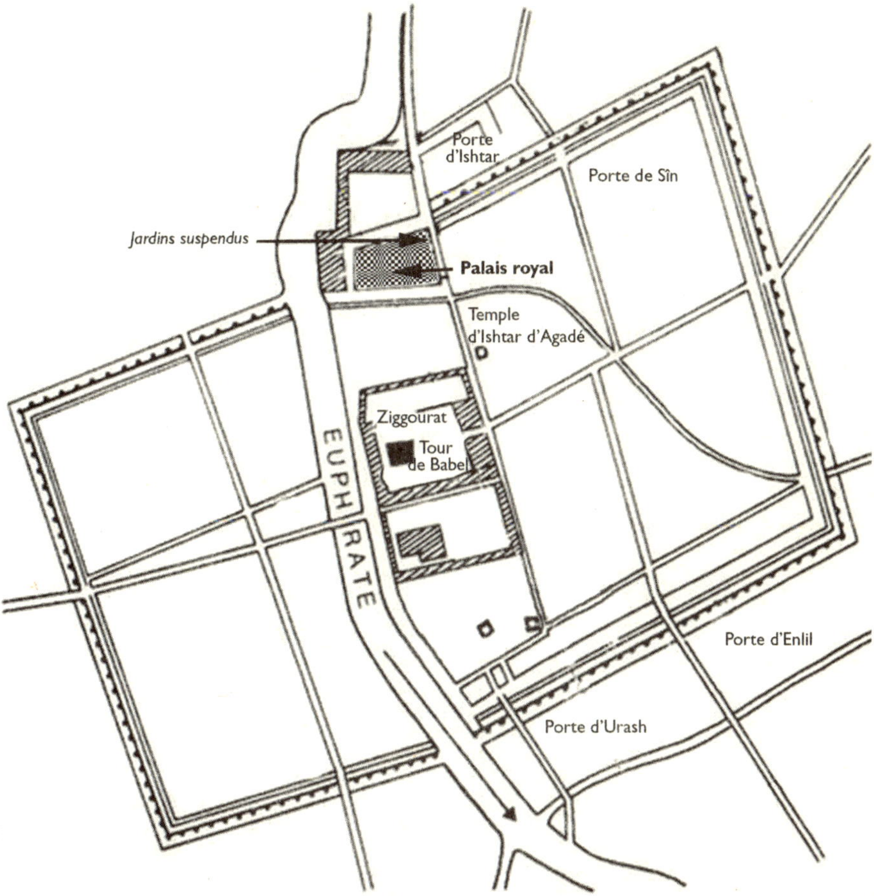
Porte d'Ishtar
Porte de Sîn
Jardins suspendus
Palais royal
Temple d'Ishtar d'Agadé
Ziggourat
Tour de Babel
EUPHRATE
Porte d'Enlil
Porte d'Urash

1

L'ENFANT-POISSON

Babylone, en l'an 539 avant notre ère

Haletant, le garçon se laissa glisser lentement contre le mur de brique d'une maison et se retrouva assis sur le sol poussiéreux de la ruelle. Manaïl venait de courir sans relâche pendant plusieurs minutes pour échapper à ses poursuivants et il ruisselait de sueur. Il avait tenté de chaparder une poignée de figues au marché, mais le marchand l'avait surpris et avait donné l'alerte. En un rien de temps, Manaïl avait eu une vingtaine de personnes à ses trousses. Il avait réussi à les semer ; cependant, l'une d'entre elles l'avait atteint avec une pierre près de la tempe.

C'était toujours pareil. Il essayait seulement de survivre de son mieux. Si quelqu'un lui en avait donné la chance, il aurait été heureux de gagner son pain en travaillant dur. Mais on le chassait.

Il avait l'habitude. Au cours de ses quatre années d'errance dans Babylone, on l'avait giflé et battu. On l'avait frappé à coups de poing, de pied et de bâton. On lui avait lancé des pierres. Une marchande lui avait même brisé un gros bol de terre cuite sur la tête. On l'avait traité de tous les noms. On l'avait aspergé d'eau, de détritus, de crachats, d'excréments. On lui avait répété qu'il n'était rien et il avait fini par le croire.

Manaïl inspira profondément pour reprendre son souffle et se tâta la tempe. Quelques gouttes de sang perlaient sur ses doigts. Il fit une moue dépitée, s'appuya contre le mur et ferma les yeux. Sans prévenir, de grosses larmes roulèrent sur ses joues, traçant au passage un sillon humide dans la crasse.

Chaque fois qu'on le malmenait ainsi, le souvenir d'un passé encore récent, rempli de tendresse et de confort, lui revenait malgré lui. Il n'avait que dix ans lorsque sa vie avait basculé sans avertissement. Le jour fatidique, survenu quatre ans plus tôt, était encore frais dans sa mémoire. Shamash, le dieu Soleil, s'était couché. Manaïl, sa grande sœur Inna, sa mère et son père avaient terminé le repas du soir. Architecte respecté, le père du garçon construisait les maisons les plus somptueuses de Babylone. Comme il était honnête et qu'il travaillait dur, ses services étaient très demandés. La famille habitait une agréable demeure à deux étages en brique cuite dans un quartier tranquille de la cité, sur la rive est de l'Euphrate, qui traversait la ville. Dans la cour intérieure de la maison, la mère de Manaïl avait aménagé un joli jardin rempli d'arbres et de fleurs, où il faisait bon et frais lorsque Sîn, le dieu Lune, remplaçait Shamash dans le ciel. De là, loin des marchands et des odeurs, on avait une belle vue sur le fleuve enjambé par un pont. Sur l'autre rive, on pouvait apercevoir, derrière la grande muraille qui entourait l'ancienne ville, la majestueuse ziggourat[1] Etemenanki, dont le dernier des sept étages donnait l'impression de toucher les cieux. À son sommet se trouvait un petit temple auquel on accédait par des escaliers extérieurs et où vivait Mardouk, le dieu protecteur de la ville. Tout près s'élevaient le grand temple de Mardouk et le palais royal. Dans l'enceinte du palais, les fabuleux jardins suspendus, qui faisaient la fierté de Babylone avec leurs terrasses couvertes de plantes rapportées de partout dans le monde, formaient une magnifique montagne de verdure et de couleurs.

En quelques instants, le bonheur idyllique de la famille de Manaïl avait été fracassé. Tout s'était passé très vite. Alors que son père était en train de lui apprendre à compter, comme il le faisait sou-

1. Temple religieux à étages de forme pyramidale.

vent, les soldats du roi Nabonidus avaient fait irruption dans la maison. Le fonctionnaire qui les accompagnait avait ordonné à son père de le suivre. Les soldats l'avaient fermement empoigné par les bras et l'avaient traîné comme un vulgaire criminel hors de la maison. Au matin, la mère de Manaïl était allée se renseigner. Elle était revenue du palais royal quelques heures plus tard, le visage ravagé par le désespoir. À cause d'ouvriers négligents, une maison que son mari avait construite quelques semaines auparavant pour un riche marchand s'était effondrée, tuant sur le coup le maître des lieux, sa fille unique et une de ses esclaves. Comme le voulait la loi de Babylone, le père de Manaïl en était tenu pour responsable. Le Code du roi Hammourabi, édicté plus de mille ans plus tôt, était intraitable : si un architecte a construit pour un autre une maison et n'a pas rendu solide son œuvre, si la maison construite s'est écroulée et a tué le maître de la maison, cet architecte est passible de mort. Si c'est l'enfant du maître de la maison qu'il a tué, on tuera l'enfant de cet architecte. Si c'est l'esclave du maître de la maison qu'il a tué, il donnera esclave pour esclave au maître de la maison.

Quelques jours plus tard, le jugement avait été rendu. Pour compenser la mort de l'homme et de sa fille, le père et la sœur de Manaïl avaient été exécutés sur la place publique. Sa mère avait été donnée à la veuve pour remplacer l'esclave perdue. Aussitôt après, elle fut revendue à un marchand égyptien et emmenée très loin. Manaïl ne l'avait plus revue. La maison familiale fut saisie et vendue. En quelques jours, l'enfant heureux et comblé était devenu un orphelin de dix ans miséreux, affamé et malheureux.

Quatre ans plus tard, Manaïl errait toujours dans les rues de Babylone, seul au monde, rejeté de tous. Il était devenu dur et amer. Personne ne l'aimait, et en conséquence il en était venu à n'aimer personne. Chaque jour il devait user de ruse pour survivre, employant tous les moyens à sa disposition, mendiant et volant sans arrière-pensée. Depuis longtemps il avait perdu tout scrupule. Lorsque le temps ne permettait pas de dormir à la belle étoile, il s'abritait là où il le pouvait. Il portait une vieille tunique crasseuse qu'il avait volée voilà presque deux ans et qui était devenue trop petite. Ses cheveux noirs n'avaient pas été coupés ou peignés depuis longtemps et étaient aussi emmêlés que sales. Son visage, ses mains et ses pieds étaient couverts de saleté et de poussière. Par-dessus tout cela, il était infirme. Pas beaucoup. Juste un tout petit peu. Mais les Babyloniens se méfiaient des gens difformes encore plus que des voleurs.

Pourtant, l'Empire commerçait avec de nombreux peuples. Ses habitants étaient habitués à croiser des gens aux traits, au teint ou aux vêtements différents des leurs. Manaïl avait souvent vu, sur la place du marché, des Égyptiens au visage maquillé, à la peau et aux cheveux huilés. Une fois, il avait même aperçu un groupe de marchands venant du lointain fleuve Indus, dont on disait qu'il se jetait dans un grand océan. Ces hommes avaient la peau sombre, une épaisse moustache, et portaient des vêtements aux couleurs vives et un étrange couvre-chef de tissu enroulé. Au marché, des voyageurs racontaient parfois que très loin vers l'est, dans une contrée que l'on ne pouvait atteindre qu'en suivant pendant des années la route de la soie, vivaient des hommes à la peau jaune et aux yeux bridés. On disait aussi que, dans les royaumes de Nubie et de Coush, au sud de la Terre des grandes pyramides, habitaient des hommes et des femmes à la peau noire. Tous ces gens étaient différents, mais acceptés, alors que Manaïl, lui, était considéré comme une bête curieuse. Il faisait peur.

Manaïl rouvrit les yeux et les essuya rageusement. Il détestait pleurer. Lorsque cela lui arrivait, il se sentait faible et vulnérable. Pour survivre, il devait rester fort. Son regard s'attarda sur sa main gauche. Au fond, elle était la cause de tous ses malheurs. Il examina pour la millionième fois les fines membranes qui liaient ses doigts jusqu'aux phalanges. Sa main avait l'apparence des pieds palmés des oiseaux aquatiques.

Il maudit intérieurement la vie qui l'avait fait ainsi et ferma les poings si fort qu'ils en tremblèrent. Il aurait donné n'importe quoi pour ne pas être affublé de ces petits bouts de peau, en apparence insignifiants. Tant qu'il avait été sous la protection attentionnée de ses parents, il n'en avait pas subi trop d'inconvénients. Quelques sarcasmes, des taquineries qu'il oubliait dès qu'il était de retour à la maison. Toutefois, depuis qu'il était seul, tout avait basculé. Il n'avait pas fallu très longtemps pour qu'une vieille boulangère remarque cette particularité, un jour de marché. Elle lui avait attrapé le poignet d'un geste vif pendant qu'il tentait de lui voler un pain. Le visage de la vieille, creusé de profondes rides, s'était d'abord renfrogné. Puis, ses yeux s'étaient écarquillés de surprise. Sans le lâcher, elle s'était mise à hurler, puis à gesticuler pour appeler les autres marchands. Abandonnant leurs étals, ceux-ci s'étaient approchés pour voir de quoi il retournait. « Un poisson ! Regardez ! C'est un petit enfant-poisson ! » avait cancané la vieille. Humilié, Manaïl s'était débattu de toutes ses forces pour se libérer et s'était enfui au son des quolibets et des rires gras de la foule qui s'était attroupée autour de lui. À compter de ce jour, sa vie n'avait été que misère. Manaïl était considéré comme un indésirable que l'on chassait, autant par peur que par moquerie. « Le Poisson »...

L'orphelin se leva, essayant d'oublier les élancements de sa blessure. Il n'avait rien mangé depuis la veille et des gargouillis lui remuaient le ventre. Il devait trouver quelque chose à avaler, quitte à recevoir quelques coups de plus. Il se mit en marche. Échaudé par son expérience récente, il s'assura d'éviter les marchés où il rôdait habituellement. Un petit potager ferait son affaire. Il en trouva un sans difficulté et repartit en courant, les mains pleines de pois chiches, de courges et de fèves, sous les cris du propriétaire indigné.

Tout en mangeant avec appétit, Manaïl avançait au hasard dans l'écheveau complexe et tortueux des rues de Babylone, qu'il connaissait par cœur depuis longtemps. Malgré la vie difficile qu'il y menait, il adorait cette cité magnifique et immense qui était le centre du monde. Son nom ne signifiait-il pas « porte du dieu » ? Il n'arrivait pas à comprendre que dans un lieu si vaste, habité par plus de quatre-vingt mille personnes, il n'y ait pas une place, fût-elle toute petite, pour lui. Perdu dans ses pensées, il n'entendit pas venir les hommes derrière lui.

– Le Poisson ! Il est là ! fit une voix. C'est lui qui a volé mes légumes ! Regardez ! Il en a encore dans ses mains !

Manaïl se retourna. Au milieu de la rue, à une

vingtaine de coudées[1], le propriétaire du potager le montrait du doigt. Il était accompagné d'une poignée d'individus à l'air mauvais qui, armés de gourdins, s'élancèrent dans sa direction. Manaïl sentit son cœur se serrer. On allait encore le maltraiter et lui faire mal. Il devait s'échapper.

Il allait fuir droit devant lorsque se produisit un phénomène étrange qui allait marquer sa vie à jamais. Autour de lui, le monde sembla ralentir puis s'immobiliser. Les gens dans la rue, les oiseaux dans le ciel, la poussière soulevée par le vent, tout était figé sur place. Sidéré, il observait la scène en tentant de comprendre ce qui se passait. Il agita la main devant son visage et constata qu'il pouvait toujours bouger. Avec circonspection, il fit quelques pas. La scène ne changea pas. Encouragé, il se déplaça derrière les hommes qui le poursuivaient sans que ceux-ci ne bougent, et se retrouva bientôt à une bonne distance. Fronçant les sourcils, il se demanda si sa blessure à la tête était plus grave qu'il ne l'avait cru. Avait-il des hallucinations ? Avait-il perdu l'esprit ? Était-il ensorcelé ? Rêvait-il ?

Autour de lui, le monde se remit soudain en marche, d'abord lentement, puis de plus en plus vite. Bientôt, la scène reprit son rythme normal. Une voix résonna.

1. Une coudée babylonienne vaut 0,5 mètre.

– Le Poisson ! Il est là ! répéta l'homme, le doigt pointé vers l'avant, accompagné de plusieurs autres. C'est lui qui a volé mes légumes ! Regardez ! Il en a encore dans ses mains !

Les poursuivants s'élancèrent tous ensemble, puis s'arrêtèrent net.

– Mais où est-il ? fit l'un d'eux, interloqué. Je l'ai vu. Il était là. Je le jure devant Mardouk.

– Ce garçon est un sorcier. Je l'ai toujours su, grogna un autre homme en crachant sur le sol. Avec cette main palmée, il ne me dit rien de bon.

Au cours de ses années d'errance, Manaïl avait dû fuir assez souvent pour savoir saisir la chance lorsqu'elle se présentait, sans se poser de questions. Oubliant sur-le-champ l'étrange phénomène, il prit ses jambes à son cou et s'enfuit avec ce qui lui restait de ses précieux légumes, laissant ses poursuivants à leur perplexité.

L'orphelin ne fit guère de cas de cette mystérieuse expérience. Des considérations plus importantes le préoccupaient. Il devait survivre jusqu'au lendemain. Il ignorait encore qu'il n'était pas un garçon comme les autres. Mais il allait bientôt faire des rencontres qui changeraient à jamais le cours de sa vie. S'il avait pu savoir ce qui l'attendait, peut-être aurait-il préféré rester sagement dans sa misère quotidienne. En comparaison, les coups et les insultes lui auraient paru bien insignifiants.

2

LA VIERGE D'ISHTAR

Manaïl s'étira. La nuit avait été fraîche et agréable et il se sentait reposé. Il avait dormi comme une bûche sous un palmier-dattier, près des remparts de la vieille ville et, pour une fois, les sentinelles l'avaient laissé tranquille. Il bâilla, gratta vigoureusement ses cheveux sales et avisa l'arbre sous lequel il se tenait. Il se leva, escalada le tronc avec agilité et secoua les branches les plus basses pour faire choir les dattes sur le sol. Une fois redescendu, il mangea avec délice son petit-déjeuner. Aujourd'hui, son ventre ne crierait pas famine. C'était normal. Avec l'équinoxe de printemps, le mois de Nisanu[1] venait de naître. Une nouvelle saison fertile allait bientôt commencer. Pendant les dix prochains jours, Babylone allait célébrer la

1. Mars.

nouvelle année. Au fil des cérémonies, des processions et des fêtes, toute la population allait rendre grâces à ses divinités pour la fertilité qu'amenait le printemps.

Le garçon leva les yeux vers le ciel. Shamash avait remplacé Sîn. Les festivités allaient commencer dans environ une heure. Même un exclu comme lui avait le droit de s'amuser, et il n'avait encore jamais manqué le festival du Nouvel An. Chaque année, il adressait à Ishtar une modeste prière afin qu'elle lui donne une main normale. Débarrassé de sa honteuse extrémité, il saurait bien s'occuper du reste. Il était certainement trop insignifiant pour que la déesse l'entende, mais malgré tout, aujourd'hui encore, il tenterait sa chance, espérant que sa voix monte vers la belle Étoile du matin à travers les milliers d'autres qui s'élèveraient vers elle.

Manaïl déambula lentement dans les rues de la capitale de l'Empire. Partout, l'excitation était palpable. Les gens quittaient leurs maisons et s'entassaient dans les rues. Il fut bientôt emporté par un flot humain vers la Voie sacrée qui traversait Babylone et qui menait aux temples.

Au loin, sur sa droite, il pouvait apercevoir les briques couvertes de faïence bleue de l'entrée principale de Babylone : l'imprenable porte d'Ishtar, formée de quatre tours crénelées sur lesquelles des soldats montaient la garde en permanence. Tout autour de la ville, sept autres portes, plus petites, donnaient elles aussi accès à l'intérieur de l'enceinte. Manaïl se dirigea sur sa gauche et se fraya un chemin dans la foule compacte qui s'était agglutinée le long de la Voie sacrée. Autour de lui, la foule était si fébrile que pour une fois personne ne songeait même à s'offusquer de sa présence. Aujourd'hui, on ne chasserait pas « le Poisson ». À coups de coude et de hanche, il atteignit le premier rang, tout près du temple d'Ishtar. De là, il aurait une vue incomparable sur la procession.

Le soleil était de plomb et une odeur de sueur, d'épices, de parfum et de crasse mêlés flottait sur la foule. Le son des flûtes et des tambourins annonça bientôt l'approche de la procession. Cent cinquante musiciens avançaient au rythme d'un air enjoué. Ils furent suivis de régiments entiers de soldats représentant les quatre coins de l'Empire babylonien, des frontières de l'Égypte à celles de l'Anatolie et de la Perse. Pour la circonstance, ils avaient revêtu leurs uniformes d'apparat et leurs armes soigneusement astiquées reflétaient les rayons de Shamash. Malgré la chaleur de plus en plus étouffante et la poussière qu'ils soulevaient, ils maintenaient une cadence vigoureuse. Des centaines de danseuses leur succédèrent. Vêtues de tuniques colorées et agitant des foulards diaphanes, elles tournoyaient joyeusement en progressant vers le temple d'Ishtar.

Le bâtiment, plus modeste que la grande ziggourat et que le temple de Mardouk, était magnifique. Les briques de faïence bleue qui le recouvraient reflétaient si bien les rayons du soleil qu'on avait l'impression qu'il générait sa propre lumière. Reposant sur une base de plusieurs bornes[1] de hauteur, un second étage, plus petit, supportait un temple réservé à la déesse auquel seuls les prêtres et prêtresses avaient accès. Sur la façade avant, un long escalier conduisait au sommet.

La procession prit une tournure plus solennelle. Pendant que les musiciens, les soldats et les danseuses se disposaient en rangs devant le temple, des centaines de jeunes filles s'avancèrent sur la Voie sacrée. Manaïl les observa avec ravissement. L'air détaché et grave, elles regardaient droit devant elles, répandant des pétales de fleurs qu'elles puisaient dans un panier d'osier comme Ishtar distribuait l'amour et la fertilité. Vêtues de tuniques blanches qui leur descendaient jusqu'aux pieds et traînaient sur deux coudées à l'arrière, elles étaient toutes d'une rare beauté. Ces jeunes vierges avaient été consacrées au culte de la déesse. Elles deviendraient

1. Une borne vaut six coudées babyloniennes, soit trois mètres.

un jour des prêtresses. Cloîtrées dans le temple, elles n'en sortaient qu'en de rares occasions.

Le regard de Manaïl s'attarda sur l'une des vierges, plus ravissante encore que les autres. Elle devait avoir un an ou deux de plus que lui. Ses cheveux aussi noirs que le plumage d'un corbeau atteignaient le creux de ses reins. Son front était orné d'une parure en or qui mettait en valeur la délicate ossature de son visage. Les yeux sombres au contour relevé par un savant maquillage, les lèvres pulpeuses, le port altier, la tête bien droite sur un cou gracieux, elle était saisissante de perfection.

Comme si la jeune fille avait senti l'attention intense qu'on lui portait, elle tourna la tête et fixa son regard sur celui de Manaïl. Une onde de choc traversa l'orphelin de la tête aux pieds. Entre les deux regards croisés, le temps parut s'arrêter. Manaïl eut l'impression de se perdre dans ces immenses yeux noirs. Jamais auparavant il n'avait ressenti un tel émoi à la vue d'une fille. Il ne comprenait pas ce qui le troublait tant. Il allait baisser les yeux, intimidé, lorsqu'il s'aperçut que, sans s'en rendre compte, il avait levé la main pour saluer la fabuleuse créature. À la vue de son infirmité, la jeune fille écarquilla les yeux. L'espace d'un moment, sa bouche s'entrouvrit et son joli visage prit un air médusé. Puis le charme se rompit. La jeune vierge manqua un pas et s'emmêla les pieds dans la traîne de celle qui la précédait. Toutes deux faillirent trébucher et la foule autour s'esclaffa. Gênées, les deux jeunes filles reprirent leur place dans la procession. La merveilleuse vision de rêve passa devant Manaïl, le corps raidi par l'embarras et les joues rouges de honte. Une fois au loin, elle se retourna brièvement pour le regarder à nouveau.

Découragé, le garçon la regarda s'éloigner vers le temple et s'arrêter avec les autres au pied de l'escalier. La procession avançait toujours et atteignit son paroxysme. Les prêtres et les prêtresses d'Ishtar avançaient, l'air solennel. Les femmes comme les hommes avaient le crâne rasé. Ils étaient tous vêtus de splendides tuniques plissées d'un blanc immaculé et portaient des pectoraux d'or. Au milieu des membres du clergé, des porteurs ployaient sous le poids d'une statue de la déesse posée sur un socle de bois. Comme le printemps ramenait chaque année la fertilité au royaume, Ishtar faisait son entrée solennelle dans la capitale pour y apporter l'abondance. Impassible, la déesse de pierre était parée d'une longue jupe, d'une tiare et d'un collier de joyaux. Sa poitrine nue et généreuse s'offrait au royaume et lui promettait une abondance nourricière. Elle tenait dans ses mains une cruche d'où jaillirait l'eau, comme coulait l'Euphrate dont les crues fertilisaient chaque année les terres de la plaine mésopotamienne.

Lorsque la statue passa devant lui, Manaïl se recueillit et inclina la tête avec respect. Il adressa à Ishtar une humble et silencieuse prière en tendant vers Elle sa main gauche, l'implorant une fois encore de le libérer de son affliction. Autour de lui, le bruit de la foule s'atténua, puis cessa. Intrigué, le garçon interrompit sa prière et chercha à comprendre la raison de ce silence soudain.

La foule avait disparu. Shamash s'était réfugié derrière d'épais nuages noirs. Il faisait sombre et un vent froid soufflait là où aurait dû se trouver la Voie sacrée, soulevant la poussière qui montait en tourbillons. Manaïl frissonna et s'enveloppa tant bien que mal de ses bras. Le souffle qui s'échappait de sa bouche formait d'étranges volutes. Autour de lui, aussi loin que portât son regard, aucune trace de Babylone ne subsistait.

Il était seul. Paniqué, il tournoya sur lui-même.

– Il y a quelqu'un ? cria-t-il.

– Il n'y a que toi et moi, fit une voix de femme sereine et douce, derrière lui.

Le garçon se retourna vivement. Là où, l'instant d'avant, les porteurs peinaient en portant sa statue, Ishtar en chair et en os flottait dans les airs. Elle le regardait d'un air calme, un sourire rempli d'affection sur les lèvres.

Manaïl écarquilla les yeux. La déesse s'adressait-Elle à lui, vil vagabond et voleur ? Le « Poisson » des rues de Babylone, honni de tous ? Terrifié, il se jeta à genoux et se prosterna, face contre terre.

– Relève-toi, ordonna doucement la déesse.

Le vagabond obéit. Debout devant la déesse, les yeux rivés sur le sol, il se sentait indigne. La déesse parut sentir son désarroi. Elle avança doucement les mains vers lui et lui prit les siennes. Une chaleur réconfortante le traversa aussitôt et son cœur cessa de battre à se rompre. Il osa même lever les yeux vers Elle.

– Mais... Où suis-je ? demanda-t-il d'une voix tremblante.

– Là où Babylone ne sera peut-être jamais bâtie.

– Que s'est-il passé ?

– Il ne s'est absolument rien passé. Pas encore, répondit la déesse, le regard rempli de tristesse.

La scène changea et fut remplacée par une autre. Manaïl se trouvait dans une mine sombre et froide. Devant lui, des hommes, des femmes et des enfants tiraient sans relâche de lourds chariots remplis de pierres. Autour d'eux, des gardes à l'air cruel, armés de fouets et de lances, les maltraitaient sans ménagement. L'air hagard, les esclaves peinaient. Lorsque l'un d'entre eux s'effondra d'épuisement et tenta sans succès de se relever sous les coups de fouet, le garde le transperça comme une bête avec sa lance et l'abandonna sans le moindre égard pendant qu'il agonisait.

– Qui sont ces pauvres gens ? s'enquit Manaïl.

– Ce sont tous ceux qui n'ont jamais été le peuple de Babylone.

Incapable de percer le langage obscur de la déesse, l'orphelin resta coi.

– Ceci est l'avenir d'un passé qui n'a pas été, reprit Ishtar. Ton présent, dans lequel Babylone est le cœur d'un glorieux empire, n'a jamais existé. Les hommes, les femmes et les enfants qui auraient pu former ce grand peuple ne sont que des esclaves. Leur vie entière s'écoule à creuser le sol, à cultiver la terre, à raser les forêts et à tailler la pierre pour le seul profit des adorateurs d'un dieu terrible appelé Nergal. Ils sont traités comme des bêtes et leurs dépouilles ne sont que des déchets aux yeux de leurs maîtres.

Dépassé par ce qu'il voyait, Manaïl baissa les yeux et les sentit s'embuer.

– Pourquoi me montrez-vous cela à moi, ô déesse ? demanda-t-il. Je ne suis qu'un vagabond. Je ne suis rien... Que puis-je y faire ?

– Plus que tu ne le crois, Manaïl, répondit Ishtar. Ceci est ce qui se produira si tu refuses la quête pour laquelle je t'ai choisi entre tous. Tu es mon Élu. Des gens croiseront ta route et t'aideront à comprendre ta mission. Écoute-les. Lorsque le moment sera venu, je ferai appel à toi.

– Mais...

– Je dois partir, maintenant, dit la déesse dont la voix se fit plus lointaine. Mais à travers les pouvoirs des Anciens, je serai toujours à tes côtés.

Ishtar disparut comme Elle était venue. Manaïl se sentit soudain très faible. Étourdi, il vacilla et bouscula un paysan qui se tenait à côté de lui.

– Hé ! Attention à ce que tu fais ! s'écria l'homme en colère avant de retourner à sa contemplation de la procession.

*

Dans le temple d'Ishtar, la jeune vierge qu'avait entrevue Manaïl laissa tomber le plateau d'offrandes qu'elle apportait au pied de la statue de la déesse. Le visage livide, elle essayait de comprendre l'étrange sensation qu'elle venait de ressentir. Un pouvoir encore brut et inexploité, mais au potentiel immense. Une âme pure qui ignorait sa propre pureté. Et surtout un danger. Un terrible danger.

La jeune fille leva les yeux vers la déesse. Était-ce possible ? L'Élu existait-il vraiment ? Était-ce ce garçon sale et repoussant qu'elle avait aperçu parmi la foule ? La prophétie à laquelle elle n'avait jamais vraiment cru était-elle en voie de se réaliser ? Si oui, elle devait agir. Vite.

Elle s'empressa de remettre dans son panier les fruits, les fleurs et les quelques pièces de monnaie qu'elle avait laissés tomber, puis déposa le tout devant la statue. Prétextant un malaise, elle quitta ensuite ses compagnes et se retira dans la cellule où elle passait ses nuits. Elle devait prier et demander à être guidée.

*

Le croassement désagréable d'un corbeau se détacha du bruit de la fête et le ramena à la réalité. Manaïl chercha l'oiseau du regard et le trouva sur le rebord d'un toit, tout près. Ses yeux jaunes semblaient rivés sur lui. La bête battit des ailes, croassa de nouveau et s'envola. Au passage, elle laissa tomber une motte d'excréments qui atterrit sur la tête de la statue.

Autour de l'orphelin, la foule applaudissait à tout rompre et implorait Ishtar. L'esprit confus, Manaïl remarqua à peine la statue de la déesse, portée vers son temple par un nouveau groupe de prêtres qui gravissaient péniblement le long escalier, suivis des prêtresses, les bras chargés d'offrandes. Puis vint le cortège de Nabonidus, roi de Babylone. Assis sur un trône en or porté par dix soldats de sa garde royale, l'air hautain, il ne daigna même pas baisser les yeux vers la foule. Tous les Babyloniens savaient que Nabonidus avait depuis longtemps abandonné le culte des dieux de la cité pour celui de divinités venues d'ailleurs. Il méprisait Mardouk, Ishtar et tous les autres. Après cinq années passées hors de la ville, il ne revenait participer aux rituels que pour sauver les apparences et ne pas trop déplaire au clergé, qui le détestait. Le reste du temps, il laissait son régent, Balthazar, administrer la cité qu'il n'aimait pas. Sur le passage du roi, les applaudissements se firent rares.

Un grand banquet devait suivre la procession. Toute la population de Babylone y mangerait et boirait à satiété. Troublé par l'étrange vision qui l'avait frappé, Manaïl n'avait plus aucun appétit et le festin, chance unique pour un vagabond de manger tout son saoul, ne lui disait plus rien. Il s'éloigna sans attendre la fin de la fête.

3

NOROBOAM

Pendant quelque temps, Manaïl revit souvent en pensée le paysage dévasté que lui avait montré la déesse, tentant sans succès de donner un sens aux paroles d'Ishtar. Mais à mesure que les mois passaient, l'événement lui parut de moins en moins plausible. Pourquoi une divinité toute-puissante, si occupée en cette période des semailles, aurait-Elle gaspillé de son précieux temps à s'intéresser à lui ? Il n'était rien. Tout le monde se fichait de lui. Pourquoi en aurait-il été autrement avec Ishtar ? Il n'était que « le Poisson ». La veille de l'apparition, il avait reçu une pierre sur la tête. Le choc l'avait sans doute sonné plus qu'il ne l'avait cru et il avait eu une hallucination, raisonna-t-il. Comme lorsque le temps avait semblé s'arrêter.

Sa vie reprit son cours normal et s'écoula au rythme du chapardage quotidien de nourriture, des coups reçus lorsqu'il n'était pas assez rapide pour les esquiver, des quolibets et des insultes. Chaque soir le trouvait recroquevillé dans un nouveau coin sombre où il espérait dormir en paix, puis recommencer le lendemain.

Il n'en alla pas de même du doux souvenir de la sublime jeune fille, si digne et altière dans sa tunique immaculée. Envoûté, Manaïl ne pourrait jamais oublier ce regard qui l'avait touché droit au cœur. Pour le reste de sa vie, il chérirait l'image de son sourire radieux. Mais les vierges d'Ishtar étaient sacrées et personne même ne devait leur adresser la parole, de crainte de les souiller à jamais.

Arriva un soir du mois d'Abu[1], quatre mois après les festivités. Les premières récoltes étaient terminées et l'abondance avait recommencé à régner. Les marchés regorgeaient de pain, de légumes, de fruits et de denrées venus de tous les coins de l'Empire et au-delà. Le garçon mangeait à sa faim sans trop de difficulté, ce qui lui laissait beaucoup de temps pour autre chose.

La nuit était tombée depuis quelques heures. Manaïl n'était pas pressé. Dans la fraîcheur du soir, il déambulait au hasard, cherchant un endroit pour dormir tout en guettant d'éventuels tortionnaires. Il aboutit dans un quartier d'artisans, à l'extrémité

1. Juillet.

de la ville, où il n'allait que rarement. Il s'arrêta un instant, songeur, pour admirer un tour de potier devant une maison. Malgré son infirmité, il était assez habile de ses mains. Son père lui avait appris à manier les outils du constructeur et il l'avait souvent accompagné sur les chantiers. Il était débrouillard et il apprenait vite. Il aurait fait un excellent artisan, il en avait la certitude. Il aurait pu avoir une maison, même toute petite, et gagner sa vie honorablement au lieu de voler pour survivre. Si seulement quelqu'un lui donnait une chance...

Le croassement d'un corbeau interrompit ses tristes rêveries. Le garçon leva les yeux à la recherche de l'oiseau et le repéra, perché sur le toit d'une maison, tout près. Son cœur se serra. C'était le même que durant la procession, il en était sûr.

– Encore toi ?

La bête le regardait intensément et, l'espace d'un instant, Manaïl eut l'impression que ses yeux jaunes brillaient de malice.

– Tu vas ficher le camp, à la fin, sale bête ? dit-il en faisant un geste de la main pour effrayer l'animal.

Pour toute réponse, le corbeau croassa à nouveau, l'air arrogant, et battit agressivement des ailes. Puis il lança un dernier cri rauque et s'envola. Distrait, Manaïl entendit trop tard les pas feutrés qui s'approchaient derrière lui. Il allait se retourner lorsqu'il reçut un violent coup sur la tête et s'effondra. À demi conscient, il sentit qu'on le saisissait sous les aisselles et qu'on le traînait sur le sol. Le croassement du corbeau fut la dernière chose dont il eut conscience avant que la nuit n'envahisse son esprit.

*

Lorsque Manaïl rouvrit les yeux, une vive douleur lui traversa la tête et fit apparaître des points multicolores devant lui. Le phénomène s'estompa et il eut beau écarquiller les yeux, il ne vit que du noir. Désorienté, il tenta de se relever, mais n'y parvint pas. Il était couché sur le dos, sur quelque chose de dur et de froid. Des liens retenaient ses poignets et ses chevilles. Une puanteur immonde lui envahit les narines. Retenant son souffle, Manaïl tendit l'oreille. Des pas, légers comme l'air, semblaient s'approcher de lui sur sa gauche.

– Il y a quelqu'un ? demanda-t-il d'une voix empâtée.

– Le tout pfetit est réveillé ! fit une voix grinçante et nasillarde tout près. Le héros a fait un gros dodo !

Manaïl sentit sur son visage un souffle chaud et nauséabond. Dans le noir, quelqu'un se tenait près de lui. La respiration de l'individu produisait un bruit visqueux. Le garçon tourna la tête de l'autre côté.

– Qui êtes-vous ? Où suis-je ? demanda-t-il, apeuré.

– Je suis Noroboam, dit la voix, tout près dans le noir. Noroboam l'Araméen.

– Laissez-moi partir.

– Pfartir ? Oh non ! Oh non, oh non, oh non ! Maintenant que je t'ai attrapfé, je ne vais surtout pfas te pferdre ! Non, non, non, non, non. Sinon, Mathupfolazzar ne serait pfas content. Pfas content du tout. Houuuuuu...

Manaïl sentit quelque chose de froid remonter avec nonchalance sur son ventre, puis parcourir sa gorge d'une oreille à l'autre. La lame d'un poignard ? Une griffe ? Il n'aurait pu le dire. Le gloussement sadique qui suivit lui donna des frissons dans le dos.

Dans le noir, il entendit l'homme s'éloigner de lui. La mèche d'une lampe grésilla. Une petite flamme apparut, vacilla et une faible lumière remplit la pièce. Manaïl étira le cou pour examiner l'endroit où il était retenu prisonnier. Dans la petite maison d'une seule pièce régnait un fouillis inouï. Hormis la table sur laquelle on l'avait attaché, il y avait pour seuls meubles une vieille couchette basse et un petit tabouret. Des tablettes d'argile couvertes d'écriture étaient empilées un peu partout dans un équilibre précaire. Les murs étaient recouverts d'étranges symboles dessinés au charbon ou peints en rouge. Au centre d'un cercle de pierres disposé à même la terre, les restes d'un feu de cuisson avaient refroidi depuis longtemps. Tout autour, le sol était jonché d'une multitude de petits ossements. Avec horreur, Manaïl constata qu'il s'agissait de carcasses de rats. Une multitude de rats, qui avaient été rôtis puis mangés.

Mais tout cela n'était rien en comparaison de la créature repoussante qui se tenait devant lui, une expression qui frôlait l'extase sur le visage. L'homme semblait aussi vieux que la grande ziggourat. Son dos voûté le forçait à marcher plié en deux. Ses cheveux blancs, gras et emmêlés, lui descendaient jusqu'aux cuisses. Ils encadraient ce qui n'avait plus de visage que le nom. On aurait dit que des insectes en avaient dévoré tout ce qui dépassait. Là où son nez aurait dû se trouver, il n'y avait qu'une ouverture triangulaire d'où s'échappaient un mucus gluant et une respiration sifflante. Ses paupières disparues laissaient perpétuellement ouverts des yeux recouverts d'un épais film laiteux qui ne voyaient plus depuis des décennies. Ses lèvres décharnées retroussées en une grimace permanente expliquaient l'étrange prononciation du personnage. Elles laissaient paraître des gencives épaisses et quelques dents gâtées. Ses mains n'étaient plus que d'affreux moignons dont tous les doigts, sauf le pouce et l'index, s'étaient détachés. « La lèpre », réalisa Manaïl, un frisson de terreur lui parcourant le dos. Cet homme avait la lèpre ! Il ignorait comment on attrapait cette maladie, mais il savait qu'on ne devait pas approcher ceux qui en étaient porteurs.

Vêtu d'une simple peau de bête crasseuse retenue à la taille par un cordon, l'individu avait le torse et les pieds nus. D'une maigreur squelettique, son corps était recouvert de plaies ouvertes d'où s'écoulait un pus épais et jaunâtre. Manaïl eut un haut-le-cœur et détourna la tête pour vomir.

– Oh ! Le pfetit héros a le cœur bien fragile ! Je sais, Noroboam l'Araméen n'est pfas beau ! dit l'homme, son visage se déformant en un rictus qui était sans doute un sourire. Pfas beau du tout ! Hou ! hou ! hou !

Au son du rire dément qui suivit, un croassement résonna. Manaïl chercha le corbeau de malheur des yeux et le trouva sur un perchoir, dans le coin le plus éloigné de la pièce. Les yeux jaunes et malfaisants de la bête étaient rivés sur lui. Si un oiseau avait pu sourire, celui-ci l'aurait fait. Noroboam se dirigea d'un pas étonnamment alerte vers le corbeau et lui caressa la tête avec le moignon qui restait de sa main gauche.

– Oui, mon bon Shaïtan, roucoula-t-il. Tu as bien fait. Sans toi, je n'aurais jamais su qu'Ishtar s'était adressée à ce pfetit. Ce tout pfetit pfetit ! Hi ! Hi ! Hi ! Tu mérites une récompfense.

L'homme enfonça l'index qui lui restait dans une des plaies béantes recouvrant son avant-bras et en tira un gros asticot blanc avec son ongle. Il tendit la bestiole frétillante au corbeau, qui ouvrit tout grand son bec et la reçut en battant des ailes avant de l'avaler d'un trait.

– Que me voulez-vous ? s'écria Manaïl en s'agitant sans succès. Si je vous ai volé quelque chose, c'était seulement parce que j'avais faim ! Je vous demande pardon ! Je travaillerai pour vous rembourser. Mais ne me faites pas de mal.

– Ha ! Ce que tu pfossèdes, pfetit, tu ne pfeux pfas me le donner. Hé ! hé ! hé ! hé ! Je dois te le pfrendre ! Te l'arracher ! répondit l'affreuse créature. Avec un couteau !

Le lépreux se dirigea vers une pile de tablettes d'argile et se mit à y fouiller, touchant l'écriture du bout du doigt pour en décoder le contenu en marmonnant.

– Au secours ! cria Manaïl de toutes ses forces. Au secours ! À l'aide !

– C'est ça ! Crie, pfetit héros ! dit Noroboam sans se retourner. Dans ce quartier, les gens se mêlent de leurs affaires. Pfersonne ne viendra t'aider. Tu es à moi ! À moi et à Mathupfolazzar !

Lorsqu'il eut trouvé la tablette qu'il cherchait, le

vieil homme émit un grognement satisfait, revint auprès de Manaïl et la déposa près de lui.

– D'abord, Shaïtan, mon mignon, il faut s'assurer que c'est bien lui, babilla-t-il au corbeau. Il ne faudrait pfas faire erreur, n'est-ce pfas ? Mathupfolazzar serait très fâché !

À l'approche du visage hideux tout près du sien, Manaïl fut frappé de plein fouet par une forte odeur de putréfaction et il dut ravaler un haut-le-cœur. Sans prévenir, le lépreux lui empoigna la main droite, la tâta et la lâcha. Il saisit la gauche et recommença son manège, écartant les doigts et tâtant minutieusement les peaux qui les liaient. Il grommela en hochant la tête, se leva et se mit à danser sur place en tourbillonnant sur ses frêles jambes.

– Pfoisson ! s'écria-t-il d'une voix forte. Pfoisson, pfoisson, pfoisson ! Honhon-hon-honhon ! Tu es l'enfant-pfoisson ! Tu es l'Élu ! Je t'ai trouvé ! Je t'ai vraiment trouvé !

Il s'arrêta net. Dans ses yeux vitreux brillait une exaltation démente. Il se dirigea vers un coin de la pièce et saisit un couteau de bronze qui y était suspendu par une lanière de cuir attachée au manche. Puis il revint vers Manaïl en gloussant et fendit sa tunique en deux, ne lui laissant que son vieux pagne crasseux.

Désespéré, l'orphelin sentit une incontrôlable panique l'envahir et se débattit contre ses liens. En caquetant, l'affreux vieillard se pencha sur le torse nu du vagabond et lui entailla la chair. Indifférent à ses cris de douleur, le lépreux se concentrait sur son travail, la langue pincée entre les gencives édentées. Manaïl se cabra. Il sentait son sang couler le long de ses côtes et s'accumuler sous lui, sur la table. Lorsque son affreux travail fut achevé, Noroboam se releva et recula d'un pas. Une larme perla au coin d'un œil et descendit sur sa joue pour aller se perdre dans la saleté immonde de sa barbe. Il inspira profondément, son souffle faisant rouler les glaires visqueuses qu'il cracha sur le sol. Puis il leva le couteau au-dessus de Manaïl et se mit à psalmodier d'une voix monocorde en se balançant d'avant en arrière.

– Ô Nergal, dieu des Enfers et de la destruction, honhonhon, de la maladie et de la guerre, accueille ce sacrifice. Reconnais le travail de ton serviteur et de ses frères, et réserve-leur une pflace auprès de toi à l'avènement du Nouvel Ordre !

Le couteau s'abaissa. Pendant cet ultime instant, Manaïl trouva le moyen de regretter sa vie de misère qui se terminait si tôt. Sa dernière pensée fut pour son père et sa sœur, qu'il irait maintenant rejoindre dans le royaume d'En-Bas. Peut-être sa mère s'y trouvait-elle aussi ?

Tout à coup, une voix retentit.

– Noroboam !

Le vieillard arrêta son geste et, le couteau toujours suspendu au-dessus de Manaïl, il tourna la tête. Ses yeux aveugles s'agrandirent de surprise et de rage.

– Même vieillie, je reconnaîtrais cette voix entre mille. Toi ! cracha-t-il d'une voix remplie de haine. Tu es ici ?

– Laisse cet enfant, ordonna la voix. Il ne t'appartient pas !

De sa position, Manaïl ne put voir ce qui se passait. Le lépreux disparut de son champ de vision. Quelque part dans cette horrible maison de fous, on luttait en silence. Tout à coup, Noroboam hurla de douleur. Puis Manaïl perdit conscience.

*

La vierge d'Ishtar s'éveilla en sursaut, ruisselante de sueur et haletante. Elle avait rêvé que... Non. Ce n'était pas un rêve. Le garçon avait couru un grave danger. Elle le ressentait dans sa chair. Heureusement, il avait été secouru. Pour l'instant, il était en sécurité. Mais elle devait le retrouver coûte que coûte. L'enjeu était si grand. Elle n'avait pas le droit d'échouer.

Seule dans sa petite cellule, elle s'agenouilla et pria avec une ferveur renouvelée pour que ses pas et ceux de ce garçon se croisent.

4

LES NERGALII

Éridou, en l'an 3612 avant notre ère

L'Élu était à ta merci, et tu l'as laissé s'échapper ? » tonna avec fureur Mathupolazzar, grand prêtre du culte de Nergal.

Dehors, le ciel d'Éridou fut traversé par un éclair aveuglant, suivi d'un lourd grondement de tonnerre, comme si les dieux avaient voulu ponctuer la colère de Mathupolazzar. Un violent orage éclata. Dans le temple aux murs de pierre et de marbre, le grand prêtre allait et venait en hurlant et en gesticulant, incapable de contenir la colère qui lui serrait la poitrine.

– Imbécile ! Incapable ! Abruti ! Sale raté ! Excrément de scorpion ! cria-t-il en ponctuant chacune de ses insultes d'un nouveau coup de pied.

Recroquevillé en position fœtale sur le sol, Noroboam l'Araméen tremblait de terreur et protégeait de son mieux ce qui restait de son corps meurtri. Il était revenu à Éridou gravement blessé, mais triomphant à l'idée d'annoncer à ses frères qu'il avait trouvé l'Élu. Il était convaincu de mériter la reconnaissance du grand prêtre, mais avait plutôt été insulté et sauvagement battu par la meute d'adorateurs de Nergal en colère. Il n'avait pas besoin d'y voir pour savoir qu'il était couvert de coupures, d'éraflures et d'ecchymoses. Son bras droit était sans doute fracturé, car il ne parvenait plus à le bouger. Il attendait que la colère de Mathupolazzar s'estompe. Toutefois, le maître paraissait incapable de se calmer. Le visage rougi et gonflé, les longs cheveux gris en broussaille, les yeux fous, il frappait jusqu'à l'essoufflement.

– Limace immonde ! Canaille ! Idiot ! Fils de chienne ! haleta le grand prêtre en lui assénant de nouveaux coups. Tu n'es même pas capable de tuer un enfant sans défense ! Si nous n'arrivons pas à le retrouver, Nergal seul sait quels problèmes il pourrait nous causer ! Tu l'avais à ta merci et tu l'as laissé partir ! Sale gâteux !

– Hon ! Maître..., gémit faiblement Noroboam entre deux sanglots. Ce n'est pfas ma faute. J'étais sur le pfoint de le sacrifier à Nergal. Mon pfoignard était déjà levé. Ce maudit Ashurat m'en a empfêché. Il est sorti de nulle pfart et...

– Ne me parle pas de ce sale traître ! hurla

Mathupolazzar, les poings serrés. Pendant toutes ces années, nous lui avons fait confiance ! Nous en avons fait notre frère ! Nous lui avons révélé nos plus grands secrets. Il allait régner avec nous sur le Nouvel Ordre ! Après des dizaines de milliers d'années d'attente, notre maître Nergal allait enfin franchir le portail et faire triompher le Mal ! Et comment Ashurat nous a-t-il remerciés ? En reniant son dieu ! En crachant à la face de ses frères ! En s'emparant du talisman comme le dernier des voleurs, lui, un adorateur de Nergal ! Et en le donnant à cette ordure de Naska-ât pour qu'il en éparpille les morceaux à travers le temps ! Maintenant, à cause de lui, nous devons explorer le temps à l'aveuglette pour les récupérer !

Le grand prêtre se prit les cheveux à pleines mains et tira violemment.

– Aaaggghhhhh ! hurla-t-il.

Il fit demi-tour et asséna un violent coup de pied dans les côtes du lépreux, qui en perdit le souffle et se recroquevilla un peu plus.

Noroboam gisait au centre d'une pièce rectangulaire, aux murs recouverts de marbre. Le sol était formé de grandes dalles de pierre parfaitement ajustées. Quelques torches accrochées aux murs éclairaient la scène d'une lumière blafarde et fluctuante. À l'une des extrémités se trouvait une statue de Nergal. Vêtue d'une longue robe, les cheveux lissés vers l'arrière, la divinité avait le port impérial. Sur sa poitrine, les doigts de ses deux mains formaient une pyramide. La froideur de la pierre intensifiait la cruauté de son visage, dominé par un sourire rendu encore plus féroce par les deux canines pointues qui saillaient sur une lèvre inférieure sensuelle. Ses yeux, dominés par deux pupilles minces et verticales qui rappelaient celles d'un chat, donnaient l'impression d'observer tous les disciples à la fois, où qu'ils soient dans le temple.

À l'autre bout de la pièce, un grand cercle de pierre saillait du mur et un magnifique autel orné d'or et de pierres précieuses paraissait attendre une offrande. De chaque côté, des braises rouges scintillaient dans un brasero.

Autour de Noroboam, un petit groupe d'adorateurs de Nergal, vêtus de longues toges noires, se tenaient en retrait, laissant s'exprimer la colère du maître. Le grand prêtre frappa un dernier coup sur la tête du lépreux, puis se lassa de maltraiter ainsi le malheureux. Sous le choc, le crâne de Noroboam émit un craquement sec et sinistre qui se répercuta sur les murs. Du sang chaud et visqueux se mit à couler le long de son visage et s'accumula sur la pierre, sous sa tête. Il ne put réprimer un gémissement de douleur. Puis il ne bougea plus.

Avant de se détourner, Mathupolazzar se racla la gorge et lui cracha au visage avec mépris.

Le vieillard sentit le liquide épais lui couler lentement le long de la joue et se mêler aux larmes de désespoir qui s'échappaient de ses yeux morts. Le grand prêtre écarta ses longs cheveux gris d'une main et réajusta sa tunique, soudain soucieux de sa dignité.

Il abandonna Noroboam à sa souffrance et reporta son attention sur ses disciples, qui attendaient en silence.

– Heureusement, malgré l'incompétence de ce fils de hyène, dit-il en désignant l'Araméen de la tête, tout n'est pas perdu, mes frères. La présence d'Ashurat nous révèle dans quel kan ce maudit Naska-ât a déposé un des fragments du talisman. Nous devons nous en emparer.

– Et l'Élu, maître ? demanda une Nergali aux longs cheveux d'un noir d'ébène. Ne devrions-nous pas l'éliminer ?

– Bien sûr. Mais nous venons de perdre une excellente chance de le faire facilement. Maintenant, il est sous la protection d'Ashurat. Ce gredin nous connaît bien et il est rusé. Il se terrera là où on ne le cherchera pas et nous rendra la tâche difficile.

Sur le sol, Noroboam émit un gémissement piteux et releva péniblement la tête.

– L'enfant n'a pfas quinze ans, maître, gémit le lépreux d'une voix rendue pâteuse par le sang qui s'accumulait dans sa bouche. Il est encore tout petit... Il ignore ce qu'il est. Il est vulnérable.

– Tais-toi ! ordonna le grand prêtre. Si le tuer était si facile, tu aurais réussi !

Terrifié, Noroboam se tut.

– D'après ce que j'ai compris, personne ne connaît ce garçon, continua Mathupolazzar. Seul Noroboam l'a côtoyé et, comme il est aveugle, il ne pourrait le reconnaître. Nous ne savons pas qui sont ses parents, ni où il habite... Nous ignorons jusqu'à son nom.

– Il y a quand même sa main..., avança un vieil homme. Ça devrait nous permettre de l'identifier et de l'éliminer avant que ses pouvoirs ne grandissent.

Mathupolazzar hocha la tête, songeur.

– Dans ce kan, Babylone est grande et grouille de monde. Nous risquons d'y passer des années sans jamais le retrouver.

– À défaut de mieux, nous pourrions au moins éliminer Ashurat lui-même, suggéra la disciple aux cheveux de jais avec un sourire féroce. Sans son maître pour le guider, le garçon restera dans l'ignorance et ne deviendra rien. Tout danger pour nous sera évité. De plus, il garde certainement le fragment auprès de lui...

– Éliminer Ashurat..., répéta Mathupolazzar en se frottant le menton. Tiens, tiens... Quelle excellente idée... Si simple et efficace...

Il s'approcha de la fille et lui caressa tendrement la joue du revers des doigts.

– Quelle séduisante perversité...

– Il suffira que l'un d'entre nous se rende à Babylone et qu'il retrouve la trace d'Ashurat, renchérit une Nergali d'âge moyen au crâne rasé et tatoué. Le reste sera facile.

– Ensuite, nos frères et sœurs pourront continuer à chercher les autres fragments sans être inquiétés et reconstituer le talisman, déclara Mathupolazzar.

Un lourd silence tomba sur le temple de Nergal.

– Je vais m'en charger, maître, lança un homme à la voix profonde et autoritaire qui était resté dans l'ombre jusque-là.

Le disciple s'avança. Il était d'une grandeur peu commune et sa musculature était impressionnante. Sa simple présence imposait un respect mêlé de crainte. Le blanc de ses yeux sombres et froids tranchait sur son visage basané. Une moue cruelle sur les lèvres, ses longs cheveux lissés vers l'arrière et retenus par un anneau d'or, il dégageait une suprême assurance. Son visage impassible ne laissait paraître aucune crainte. Instinctivement, les autres Nergalii s'écartèrent lorsqu'il s'avança.

– Brave Pylus, dit le grand prêtre en souriant. Toujours prêt à mener à bien une mission dangereuse. Pas comme certains autres...

Il se retourna et fit mine de frapper Noroboam, mais interrompit son geste. Le vieillard n'était plus en état de sentir les coups. Et quel plaisir y avait-il à frapper quelqu'un qui ne gémissait même pas ? Mathupolazzar avait mieux à faire de son énergie.

– Comment comptes-tu t'y prendre pour retrouver Ashurat ? demanda le grand prêtre. Babylone est bien grande pour un seul homme.

– Je ne serai pas seul, maître, répondit le disciple. Les années passées dans ce kan m'ont permis de me préparer. J'aurai toute une armée avec moi. Faites-moi confiance. Ashurat et l'enfant ne m'échapperont pas.

– Bon. Je te crois sur parole. Va, Pylus. Et reviens-nous sain et sauf avec le fragment et, si possible, les têtes de l'Élu et d'Ashurat, ajouta Mathupolazzar en souriant.

– Il en sera fait selon votre volonté, maître, assura le Nergali en s'inclinant avec respect.

Pylus se redressa, s'éloigna un peu et écarta les bras, paumes vers le haut. Puis il ferma les yeux, leva son visage, prit une profonde inspiration et se recueillit. Autour de lui, l'air se mit à vibrer, d'abord imperceptiblement, puis de plus en plus fort. Un bourdonnement semblable à celui d'une ruche d'abeilles emplit le temple. Pylus devint translucide et disparut.

– Que Nergal te vienne en aide, Pylus, murmura Mathupolazzar pour lui-même.

– Que fait-on de lui ? demanda la Nergali au crâne rasé en désignant Noroboam du menton.

– Placez-le sur l'autel, ordonna le grand prêtre avec un sourire carnassier. Les incapables n'ont pas leur place parmi les adorateurs de Nergal. C'est un bien maigre sacrifice, mais au moins notre dieu pourra le faire souffrir pour l'éternité dans Son royaume.

Trois Nergalii s'avancèrent vers le lépreux, l'empoignèrent par les pieds et les aisselles et le laissèrent lourdement retomber sur l'autel. Noroboam gémit, à demi conscient. Le grand prêtre s'approcha et sortit une dague de sous sa tunique. Les autres encerclèrent l'autel. Après quelques incantations, auxquelles les assistants psalmodiaient les réponses à l'unisson, il leva la dague au-dessus de la poitrine de Noroboam.

À ce moment, le vieil homme reprit connaissance et comprit ce qui allait lui arriver.

Non ! Non ! hurla-t-il, rassemblant ses dernières forces. Je vous en suppflie, maître ! Pfas ça ! Noooonnn !

Le visage contorsionné par un plaisir pervers, ses lèvres remontées sur les canines avec un air de bête féroce, Mathupolazzar abattit la dague. Après un hurlement guttural, Noroboam se tut. Le grand prêtre plongea les doigts dans la plaie béante et, dans un répugnant bruit de succion, arracha le cœur qui battait encore. De ses mains sanglantes, il le tendit vers le cercle de pierre derrière l'autel.

– Ô Nergal, dieu des Enfers, de la destruction, de la maladie et de la guerre, accepte cet humble sacrifice ! s'exclama-t-il avec passion. En attendant l'établissement de Ton règne, accueille l'esprit de cet homme qui t'a mal servi et fais-en un exemple pour ceux qui suivront, afin que jamais leur résolution ne faiblisse !

Mathupolazzar jeta l'organe dans un brasero qui se mit à crépiter. Puis il se retourna vers ses disciples.

– Repartez tous d'où vous venez et faites honneur aux Nergalii.

– Bien, maître, répondirent-ils à tour de rôle en s'inclinant respectueusement.

Comme Pylus, plusieurs Nergalii se dématérialisèrent, en route vers le kan où ils cherchaient les fragments du talisman de Nergal. Jusqu'à leur éventuel retour, ils n'existeraient plus à Éridou.

5

ASHURAT

Babylone, en l'an 539 avant notre ère

Le vieux potier était songeur. Il actionnait machinalement son tour avec ses pieds et sculptait la glaise mouillée avec ses mains. En quelques rotations, la terre informe devint une cruche aux rebords évasés et aux lignes gracieuses. Il ne lui resterait qu'à y appliquer une glaçure qui la rendrait imperméable, puis à la faire cuire, et elle serait prête à être vendue. Après cinquante longues années, la poterie n'avait plus de secrets pour lui et ses œuvres étaient appréciées par tout Babylone.

Il pensait au garçon qui dormait à l'intérieur. Il l'avait trouvé mal en point, deux jours plus tôt, l'avait recueilli et soigné. Ses blessures n'étaient pas mortelles, mais elles le marqueraient à jamais. Ce signe... Le pauvre enfant devrait le porter toute sa vie, tel le stigmate ignoble d'un crime qu'il n'avait pas commis. Mais peut-être était-ce prédestiné. Si cet enfant était celui que le potier croyait, il devait en porter le terrible symbole.

Pendant qu'il prenait soin de lui, Ashurat avait remarqué sa main gauche. L'espace d'un instant, il avait eu l'impression que son vieux cœur ne recommencerait jamais à battre. La déesse Ishtar l'avait-Elle volontairement mis sur la route de Noroboam pour sauver cet enfant ? La seule pensée de cette responsabilité le remplissait d'angoisse. Et pourtant, il avait toujours su qu'elle pourrait lui échoir et, voilà bien des années, il l'avait acceptée.

Un gémissement provenant de l'intérieur de la maison le tira de sa rêverie. Il se leva, ses vieux genoux arthritiques lui rappelant au passage toutes ses années de vigile, et alla jeter un coup d'œil sur son jeune invité.

*

Manaïl s'éveilla. Un cauchemar affreux traînait encore dans son esprit embrumé. Les yeux fermés, il pouvait sentir la délicate odeur d'une galette d'orge mêlée à celle de la glaise humide, et d'un feu de bois. Son estomac émit un profond gargouillement et il s'étira longuement. Il n'avait pas mangé depuis la veille.

Une vive douleur lui fit écarquiller les yeux et il laissa échapper un cri. Il se redressa à moitié, porta les mains à son torse et le trouva recouvert d'un pansement. Il se laissa retomber lourdement sur la natte qui lui servait de lit, haletant, le visage crispé de souffrance. Il n'avait pas rêvé. Ce repoussant vieillard l'avait bel et bien torturé. Avec prudence, il se releva sur un coude et examina ses poignets, puis ses chevilles. Ils étaient lacérés et quelqu'un les avait recouverts d'un onguent épais.

– Bonjour, mon enfant, fit une voix d'une patience et d'une douceur infinies.

Manaïl sursauta. Malgré ses blessures, il se redressa, prêt à bondir et à fuir. Debout près de lui, les mains jointes sur le ventre, un vieil homme le regardait en souriant. Ses longs cheveux blancs étaient attachés à l'arrière et sa barbe était broussailleuse. Il portait une tunique beige recouverte d'un tablier de cuir maculé de glaise rouge séchée qui lui descendait jusqu'aux genoux. Mais ce qui retenait surtout l'attention, c'était son œil gauche. Sous une paupière déformée par de nombreuses cicatrices, une grossière bille de bois remplaçait le globe oculaire qui aurait dû s'y trouver. L'effet en était saisissant.

– Comment t'appelles-tu ? demanda le vieillard.

Pour toute réponse, il n'obtint qu'un regard méfiant.

– Allons. Tu peux me le dire, reprit l'homme avec patience. Tu as été inconscient pendant deux jours. Si je l'avais voulu, j'aurais eu tout le temps de te faire du mal, tu ne crois pas ?

Le garçon hésita un moment.

– Je m'appelle Manaïl, finit-il par lâcher, presque malgré lui.

Une ombre passa brièvement sur le visage de l'homme, qui la camoufla sous un sourire serein. Il désigna de la tête une assiette en terre cuite sur la table.

– J'ai fait griller des galettes d'orge ce matin. J'allais en manger avec du fromage. J'ai bien peur de ne pas être un très bon cuisinier, mais au moins elles sont nourrissantes. Tu dois avoir une faim de loup.

– Qui êtes-vous ?

– Je me nomme Ashurat. Comme tu peux le constater, fit le vieil homme en désignant son tablier souillé, je suis potier.

– Où suis-je ? s'enquit Manaïl d'un ton alarmé, en regardant partout dans la pièce. Que m'avez-vous fait ?

Ashurat s'approcha. Le garçon eut aussitôt un mouvement de recul et se recroquevilla, terrifié.

– Ne crains rien, petit, dit doucement le potier en faisant un geste apaisant avec ses mains.

– Comment me suis-je retrouvé ici ?

– Je revenais à la maison, voilà deux jours, lorsque je t'ai entendu crier. Je suis arrivé juste à temps. Tu étais en bien mauvais état. Je t'ai ramené et je t'ai soigné. Depuis ce temps, tu dors. Je suis heureux que tu ailles mieux. Mais fais attention. Tes plaies sont encore fraîches.

– Le vieux fou qui m'a fait ça...

Ashurat se dirigea vers la table et mit plusieurs galettes et un gros morceau de fromage de chèvre dans une assiette. Il remplit un gobelet de lait bien crémeux et apporta le tout à Manaïl.

– Tu n'as plus rien à craindre de lui. Tu dois reprendre des forces. Allez, mange ! Ça te fera du bien. Je vais retourner travailler un peu. Repose-toi. Je reviendrai te voir plus tard.

Ashurat sortit de la maison.

Manaïl avala goulûment le repas en surveillant la porte du coin de l'œil. Il avait si faim. Il allait se lever pour en reprendre, mais s'arrêta. Il n'osait pas. Lui qui avait toujours volé ce dont il avait besoin, voilà qu'il éprouvait tout à coup des scrupules. Pourtant, depuis qu'il était devenu orphelin, il s'était toujours méfié de tout le monde. C'était ce qui l'avait gardé en vie. Mais cet homme paraissait différent. Il dégageait une grande bonté. Cependant, il ne l'avait sans doute pas recueilli et soigné pour rien. Tôt ou tard, il allait demander quelque chose en échange. Le jeune garçon se recoucha, épuisé. Il dormit d'un sommeil agité.

*

Il se tenait au centre d'une étrange pièce circulaire. Tout autour de lui, les murs étaient ornés de grosses portes en bois massif. Au bord de la panique, il était indécis. Il ne savait quelle porte choisir. Pourtant, le temps pressait. L'ennemi le suivait de près. Il devait fuir.

– Tu dois décider, Manaïl, le pressa une voix à côté de lui.

Ishtar était là. Le visage tuméfié et ensanglanté, la chevelure défaite, les vêtements en lambeaux, elle haletait. Entre les doigts qu'elle tenait crispés sur son ventre, un sang sombre et épais s'écoulait, souillant sa robe. Elle grimaçait de douleur.

– Vite, dit-elle. Sauve le fragment.

– Mais comment dois-je choisir ? gémit Manaïl, pétrifié.

Une sensation de brûlure lui traversa soudain la main gauche. Il l'ouvrit et constata qu'elle contenait un petit triangle d'un métal étrange et mat qui semblait avaler la lumière environnante. Était-ce le fragment dont parlait la déesse ?

Derrière lui, une porte s'ouvrit avec fracas.

Plusieurs individus en surgirent, le faciès déformé par la haine.

– Le voilà ! s'écria l'un d'eux. Attrapez-le !

Manaïl était paralysé par la peur et l'indécision. Avant qu'il ne puisse réagir, la lame d'une épée fendit l'air devant lui et lui trancha la main. Étonné, il vit, au creux de sa main palmée qui gisait ouverte sur le sol, le triangle de métal se mettre à briller. Étrangement détaché des événements, Manaïl songea qu'il était enfin débarrassé de cette main difforme. Plus personne ne le ridiculiserait. Il ne serait plus « le Poisson ».

La tête d'Ishtar atterrit tout près et roula jusqu'à lui faire face.

– Tu as failli, Élu, déclara la tête décapitée.

Au même moment, une épée se planta dans la poitrine de Manaïl, au centre du symbole qu'y avait tracé le répugnant lépreux. Un épais liquide s'en écoula lentement. Il en regarda les gouttes tomber sur le fragment. Autour de lui, ses assaillants riaient à gorge déployée.

– Ha ! ha ! ha ! Regardez le Poisson !

Il s'effondra sur le sol. Devant ses yeux, la vision de la tête de la déesse et de sa main coupée s'estompait. Même lorsque le noir fut venu, les rires sinistres résonnaient encore dans ses oreilles.

*

Manaïl s'éveilla en sursaut. L'esprit confus, il mit un moment à reconnaître l'endroit où il se trouvait. De cruels élancements traversaient sa blessure. Il s'assit, retira délicatement le pansement et sursauta. Il était couvert de plaies rouges, gonflées et suppurantes qui formaient une étoile sur sa poitrine.

Il ignorait alors que cette étoile serait à la fois son fardeau et son salut.

*

Manaïl passa les deux journées suivantes à manger et à dormir pendant qu'Ashurat prenait soin de ses blessures. Sa condition s'étant beaucoup améliorée, il se sentit assez bien pour se lever sans trop de mal. Il aperçut une tunique pliée sur un tabouret non loin de là et une paire de sandales. Des vêtements neufs ? Peut-être la déesse Ishtar avait-Elle enfin eu pitié de lui ? Comme il les revêtait, il entendit une voix chevrotante qui chantait – fort mal, mais avec enthousiasme – à l'extérieur. À la fois intrigué et amusé, il se dirigea vers la porte.

Ashurat était assis devant son tour et chantonnait pour lui-même en faussant atrocement. Un peu plus loin, un four sous lequel grondait un feu était rempli de pièces de poterie. Des pots, des cruches, des bols et des assiettes au fini coloré étaient empilés sur le sol. Pendant plusieurs minutes, Manaïl observa le vieillard avec envie. Ses mains déformées par les ans travaillaient avec une habileté déconcertante et produisaient comme par magie les objets les plus élégants qu'il eût jamais vus.

– Bonjour, dit tout à coup Ashurat sans se retourner. J'ai l'impression que tu aimerais que je t'enseigne la poterie.

Surpris, Manaïl prit un moment avant de répondre.

– Euh... Oui. Beaucoup.

Ashurat se retourna.

– Approche, approche, alors, reprit-il, souriant, en tapotant un tabouret vide qu'il semblait avoir réservé pour lui. Ce n'est pas difficile.

En prenant bien garde de ne pas raviver sa blessure, Manaïl s'assit. Ashurat prit une motte de glaise dans un pot déposé à ses pieds et la lança sur le tour. Avec une cruche, il versa ensuite un peu d'eau sur le tout, fit tourner le tour avec ses pieds et guida les mains de Manaïl. En peu de temps, un bol prit forme et le visage de l'orphelin s'éclaira d'un sourire émerveillé.

– Hmmm... Tu as du talent, remarqua Ashurat en admirant le récipient inégal et maladroitement tourné. Si tu veux, tu pourrais être mon apprenti. Je me fais vieux et je n'ai ni femme ni enfants. Un jour, si tout va bien, tu pourrais me remplacer. Ça t'intéresse ?

– Oh oui !

– Au travail, alors ! s'exclama Ashurat avec enthousiasme. J'ai beaucoup de choses à t'apprendre... et peu de temps pour le faire.

Manaïl remarqua la pierre noire sertie dans un magnifique anneau d'or que portait son bienfaiteur au majeur droit.

– Vous n'enlevez pas votre bague pour travailler ? demanda-t-il, les yeux rivés sur le superbe objet. Elle est si jolie ! Vous allez la salir.

Ashurat sourit, l'air songeur, et laissa son regard s'attarder un moment sur le bijou.

– Non. Je ne la retire jamais. Peut-être un jour...

Manaïl hésita. Depuis qu'il s'était retrouvé dans cette maison, une question lui brûlait les lèvres. Il décida de la poser.

– Maître, que vous est-il arrivé à l'œil ?

– Ça ? fit le potier en désignant la bille de bois qui lui tenait lieu d'œil gauche. C'est une longue histoire... C'est arrivé quand j'étais jeune, voilà très longtemps. C'est pour ça que je suis devenu potier. Pas besoin de deux yeux pour tourner de belles pièces. Au début, ce fut difficile. La douleur était atroce et l'amertume pire encore. Par bonheur, on s'habitue à tout. Je n'y pense plus depuis longtemps. C'était la volonté d'Ishtar...

– Vous avez dû beaucoup en vouloir à celui qui vous a fait ça.

– Non, dit le potier en haussant les épaules. Pas du tout. Les événements ne surviennent jamais sans raison, petit. Mais ça ne m'a pas rendu la vie facile. Un peu comme toi avec ta main, je suppose.

– Oui, répondit Manaïl avec un rire embarrassé.

Le soir venu, Manaïl passa une bonne heure à astiquer les moindres recoins de son corps avec un linge pour en déloger les années de crasse accumulée. Lors qu'il eut terminé, Ashurat essaya en vain de démêler ses cheveux. Ensemble, ils durent se résoudre à les couper au niveau de la nuque.

– Hmmm... lâcha le potier, un peu embarrassé, pendant que Manaïl se tâtait la tête. Ne t'en fais pas. Ils repousseront vite.

Ils se regardèrent un instant et pouffèrent de rire, scellant à jamais leur amitié naissante. Ainsi commença la nouvelle vie de Manaïl, orphelin de Babylone. Il était loin de se douter qu'Ashurat allait lui apprendre beaucoup plus que la poterie.

6

L'AMI BABYLONIEN

Dans la nuit, une main traçait avec un calame des signes cunéiformes sur l'argile humide. Le temps d'agir était arrivé.

À Pylus, salutations de Babylone

Ici, à la Porte du dieu, comme chaque année, le festival du printemps occupe la population. On célèbre avec ferveur le retour de l'abondance. Les soldats y participent avec un tel enthousiasme qu'il en reste bien peu pour défendre la ville. Mais je n'ai aucune crainte : le dieu Mardouk, lui, veille sur sa cité et ne permettrait pas qu'un autre dieu usurpe le royaume qu'Il protège depuis si longtemps.

Depuis son retour de l'oasis de Taima, en Arabie, où il a passé cinq ans, on entend dire que le roi Nabonidus craint que le regard cupide de Cyrus ne finisse par se tourner vers Babylone. Pourtant, chose étrange, il n'a pas augmenté les garnisons qui protègent Opis, Sippar et Babylone de la menace perse. En revanche, il a entrepris de grands travaux de restauration des fortifications. Déjà, la grande muraille est en parfait état. Évidemment, la porte d'Ishtar, la plus importante, a été la première terminée. Jamais ses émaux n'ont été si bleus. Jamais les dragons de Mardouk et les taureaux d'Adad[1] *qui l'ornent n'ont été si resplendissants. Et sa double porte en bois massif est plus solide que jamais. Une à une, six autres des portes ont été renforcées et la ville est maintenant presque imprenable. Il ne reste plus que la porte d'Enlil, au nord-ouest de la ville. Sa réfection devra attendre encore un peu, je le crains, car après les festivités viendront les semences, puis les récoltes, et la main-d'œuvre sera rare. En attendant, elle est dans un bien piètre état, la pauvre. Mais après le festival de la fertilité du mois d'Arahsamnu*[2]*, elle sera comme neuve et aussi forte que les autres.*

Nabonidus est toujours aussi mal aimé à Babylone. Le clergé lui reproche d'avoir abandonné le culte de Mardouk, protecteur de la cité, pour celui de divinités étrangères qu'il a connues en Arabie. Quant au peuple, il le considère comme un lâche qui ne se préoccupe que

---

1. Dieu de l'orage.
2. Octobre.

de lui-même. Si tu l'avais vu lors des récentes festivités d'Ishtar ! Il avait l'air de s'ennuyer au plus haut point et personne ne l'acclamait. Je n'ai pas l'impression que le peuple lutterait très fort pour protéger son souverain contre un envahisseur ! Il accueillerait certainement à bras ouverts un nouveau roi qui serait fidèle à Mardouk.

J'espère que, de ton côté, les choses se déroulent comme tu le souhaites et que les préparatifs de ton voyage avancent bien. Je prie le dieu qui est le nôtre pour qu'il te conserve la santé, qu'il bénisse tous tes projets et t'accorde le succès.

Dans l'attente de ta présence prochaine.
Ton ami babylonien

La tablette fut mise à sécher et, au matin, un messager fut appelé. Il reçut l'ordre de livrer discrètement la missive à son destinataire, à Parsagadès. On lui précisa bien qu'un échec lui coûterait la vie.

7

LE CONSEIL DE GUERRE

À la cour de Parsagadès, capitale de l'Empire perse, se tenait une assemblée de la plus haute importance. Assis sur son trône en or massif, Cyrus II, roi des Perses et des Mèdes, écoutait ses généraux qui discutaient autour d'une table sur laquelle étaient déposées des cartes de la Perse et de la Mésopotamie tracées dans des tablettes d'argile. Vainqueur des Mèdes, Cyrus avait ensuite conquis la Lydie. En une dizaine d'années, il avait fait d'un simple royaume un puissant empire parsemé de forteresses, qui s'étendait sur l'Asie Mineure et l'Asie centrale. Bientôt, il y ajouterait le glorieux Empire babylonien. Avec ses généraux, il préparait l'invasion de Babylone.

Après des heures, les membres de son état-major ne s'entendaient toujours pas sur une stratégie. Parmi eux, un homme au regard sombre, assis à l'extrémité de la table, n'avait pas encore dit un seul mot. Il observait les autres, l'amusement et le mépris se mêlant dans le sourire qui ne quittait pas son visage.

– Toutes ces tergiversations sont inutiles, interrompit tout à coup ce dernier sur un ton qui excluait la contradiction. Nous attaquerons par la porte d'Enlil, au nord-ouest. Elle est vulnérable, alors que les autres ont été renforcées.

– Comment sais-tu cela, jeune homme ? demanda avec dédain Darmatos, le plus vieux général de Cyrus.

– J'ai mes sources, répondit l'autre en regardant son interlocuteur droit dans les yeux.

– Tes sources... Et, dis-moi, comment puis-je leur faire confiance, à tes sources, puisque tu les gardes secrètes ?

Cyrus se redressa sur son trône.

– J'ai appris à ne pas douter des renseignements de Pylus, coupa-t-il. J'ignore d'où il les tient, mais jusqu'ici, tout ce qu'il nous a rapporté au sujet de Babylone s'est avéré exact. C'est pour cette raison que j'en ai fait un des généraux de mes armées. Si ma décision te déplaît, Darmatos, ne te gêne pas pour le dire, ajouta-t-il d'un ton rempli de menace.

Darmatos se renfrogna. D'un signe de la tête, Cyrus rendit la parole à Pylus, qui se leva et, la main sur le pommeau de l'épée qui pendait à sa ceinture, poursuivit en marchant d'un pas ferme autour de la table.

– Comme je le disais, mes sources m'indiquent que la porte d'Enlil est en mauvais état et, en raison des récoltes, ses réparations ne reprendront pas avant le mois d'Arahsamnu, soit dans presque douze semaines. Cela nous donne amplement le temps de masser nos troupes le long de la frontière et d'avancer sur Babylone. Une attaque-surprise aura un effet dévastateur. Le peuple et le clergé de Babylone détestent Nabonidus. Il suffit que Cyrus se présente comme un fidèle adorateur de Mardouk et déclare qu'il est venu libérer Babylone d'un roi impie, et nous ne rencontrerons pas beaucoup d'opposition. Le moment est idéal pour attaquer.

Cyrus observait son jeune général avec admiration. Sorti de nulle part, Pylus s'était présenté à la cour voilà quelques années et lui avait demandé audience. Curieux, le roi avait accepté et ne l'avait jamais regretté. Cet étranger à l'allure à la fois noble et menaçante semblait au courant des moindres détails des affaires d'État à Babylone. Il lui rapportait tous les faits et gestes de Nabonidus et de son régent, Balthazar. On aurait dit que Pylus était partout à la fois, qu'il étendait des tentacules dans toutes les directions.

Personne ne connaissait vraiment cet homme dont les origines demeuraient mystérieuses. Cyrus aurait eu toutes les raisons de s'en méfier, mais son instinct lui avait dit qu'il avait là, à portée de la main, une perle rare qui lui serait utile. Il avait été conquis par l'assurance de cet homme ténébreux et gigantesque, au port altier et au regard pénétrant. Son corps athlétique, sa taille, sa carrure et son énergie trahissaient un guerrier exceptionnel et il imposait le respect. Mais il y avait quelque chose d'autre en lui. Quelque chose d'insondable, de secret, d'hypnotique. Une étincelle de malveillance pure qui s'échappait parfois de la carapace énigmatique dont il se parait. Cyrus avait aussitôt eu confiance en lui. Tous ses renseignements s'étaient avérés véridiques, et sans eux, la guerre qui allait bientôt commencer n'aurait jamais pu être adéquatement préparée. Après quelques années d'essai, Cyrus l'avait fait général. Et maintenant, Pylus lui livrait Babylone sur un plateau d'argent.

La voix indignée du vieux Darmatos tira le roi de ses pensées.

– C'est de la pure folie ! s'écriait-il. Concentrer toutes nos forces sur une seule porte ! Les Babyloniens ne sont pas des imbéciles. Leurs généraux sont des guerriers capables. Ils vont simplement sortir en force par d'autres portes et nous prendre en souricière ! Nous allons nous retrouver coincés entre l'ennemi et sa muraille ! Comment pouvez-vous accorder foi aux élucubrations de cet inconnu ?

Au son de ces paroles, Pylus se cabra. D'un geste vif, il dégaina son épée et, pivotant sur lui-même, trancha net la tête du vieux général. Celle-ci atterrit sur la table et son sang se répandit sur le plan de Babylone.

– Quelqu'un d'autre doute-t-il de moi ? demanda froidement le guerrier en faisant le tour de la table du regard.

Personne n'osa même répondre. Dans la salle du trône régnait un silence apeuré. Cyrus sourit. Ce jeune homme lui plaisait vraiment. Il était sûr de lui-même et, pour un soldat, l'assurance était une qualité indispensable à la réussite. L'autre était l'intelligence et Pylus était loin d'en être dépourvu. Le roi des Perses prit une décision.

– Très bien. Nous suivrons les recommandations de Pylus. Préparez le déplacement des troupes. Assurez-vous que nous avons suffisamment de tours mobiles pour assiéger la muraille. Sinon, qu'on en construise d'autres. Veillez à ce que l'approvisionnement et l'armement soient sans failles. Nous attaquerons dans trois mois, au début du mois d'Arahsamnu. Pylus, tu mèneras mes armées sur le terrain.

Cyrus fit une pause et toisa un à un ses généraux d'un air qui ne souffrait pas la réplique.

– Nous serons prêts à attaquer bien avant cela,

ô mon roi, déclara Pylus en cachant mal son impatience. Il suffirait de quelques semaines et...

– Patience, Pylus, rétorqua Cyrus. Notre préparation doit être parfaite. Ne crains rien. Nous serons devant Babylone avant que la porte d'Enlil ne soit restaurée.

– Mais...

– Suffit ! s'écria le roi des Perses en levant la main. J'ai dit.

Pylus s'inclina respectueusement, le poing fermé sur le sein gauche.

– Je n'échouerai pas, ô roi des Perses et des Mèdes. Il en sera fait selon ta volonté.

– Maintenant, allez, ordonna Cyrus à ses généraux. Et que l'on envoie des serviteurs nettoyer les... dégâts.

Tous sortirent de la salle en silence, la mine déconfite. Pylus, lui, s'attarda un peu auprès du roi.

– Tu demeures un complet mystère pour moi, Pylus. Tu poses sans crainte des gestes pour lesquels je condamnerais n'importe qui d'autre à mort, observa Cyrus en désignant du menton la tête de Darmatos sur la table. Tu me sers avec loyauté, tu me donnes tout ce que je te demande sans rien exiger en retour. Pourtant, je n'ai jamais connu d'homme qui agisse par pure abnégation. Dis-moi, jeune général, tu dois bien désirer quelque chose ?

– Je suis un homme simple. Je n'ai que faire des

richesses et des honneurs, ô roi des Perses et des Mèdes. Lorsque nous aurons pris Babylone, je ne te demande pour toute récompense que deux personnes.

– Deux personnes... Des princesses ? De belles esclaves ?

– Rien de tel. Seulement un vieil homme et un jeune garçon à la main palmée qui habitent Babylone, répondit Pylus. Rien de plus.

– Hmmm... Et pourquoi désires-tu tant ces gens ? Ils doivent avoir une grande valeur pour toi...

– En effet. Mais pas celle que tu crois.

– Tu désires la vengeance, alors... ?

– Si l'on veut, oui...

Cyrus secoua la tête en souriant et appuya son menton dans le creux de sa main. Il fixa sur son général un regard perçant et inquisiteur.

– Tu es insaisissable, Pylus. Mais soit. Si c'est ce que tu désires, je ne chercherai pas à comprendre tes motifs. Lorsque nous serons dans Babylone, tu pourras prendre les soldats qu'il te faut et faire rechercher ces deux individus.

– Je te remercie, Cyrus, dit Pylus en s'inclinant.

En sortant, Pylus souriait. Hormis son nom de code, il ignorait tout du mystérieux « ami babylonien » qui le renseignait périodiquement sur l'état de Babylone. Mais ses renseignements s'étaient toujours avérés exacts et il n'avait aucune raison de croire qu'il en soit autrement cette fois-ci. Une fois dans Babylone, il finirait bien par découvrir son identité. L'important était que, d'ici peu, il retrouvât ce maudit Ashurat et son protégé. Avec un peu de chance, il les tuerait tous les deux et rapporterait leurs têtes à Mathupolazzar. Sinon, il aurait au moins le fragment et le Nouvel Ordre serait un peu plus proche.

*

Le soir venu, Pylus rédigea une réponse pour son informateur babylonien.

Ami babylonien, salutations de Parsagadès

J'ai bien reçu tes nouvelles. J'ai décidé de te rendre visite. J'arriverai au début du mois d'Arahsamnu avec des amis. J'entrerai par la porte d'Enlil. Une fois sur place, j'aimerais te rencontrer.

Salutations
Pylus

8

L'ENSEIGNEMENT DU MAÎTRE

Le mois d'Ululu[1] était déjà avancé. La blessure de Manaïl n'était plus qu'un vilain dessin dont les cicatrices encore rouges et épaisses finiraient par pâlir, mais orneraient pour toujours sa poitrine. Le garçon avait déjà passé six semaines auprès d'Ashurat – six semaines complètes à se faire soigner comme un roi, à dormir à l'intérieur sur une natte propre et confortable, et à manger à sa faim. Jamais, au cours des quatre dernières années, il n'avait connu un pareil luxe. La modeste demeure de brique cuite du potier, composée de chambres qui encerclaient une petite cour rectangulaire, était pour lui un véritable palais. Mais il appréciait encore davantage la générosité empreinte de simplicité de son bienfaiteur. Le potier l'avait accueilli

1. Août.

comme un fils et le traitait comme tel. Cet homme lui rappelait son père et Manaïl s'était pris très vite à l'aimer sincèrement. Il était fier d'être son apprenti. Il avait le sentiment d'avoir enfin, peut-être, trouvé la place, toute petite, qu'Ishtar lui réservait. Chaque jour, il travaillait avec Ashurat, apprenant à tourner des pots simples dont la forme, aux proportions douteuses au début, s'améliorait peu à peu.

Le vieil artisan était un véritable puits de savoir. Grâce à lui, tout un univers s'ouvrait à Manaïl. Le jour, pendant que le maître et l'apprenti travaillaient côte à côte, se relayant au tour et au four, ils discutaient de toutes sortes de choses : de poterie, bien sûr, mais aussi du passé de Babylone. Ashurat lui racontait comment le grand roi Nabuchodonosor II, qui avait précédé Nabonidus sur le trône, avait fait de Babylone un grand royaume. Il avait soumis Jérusalem, détruisant le temple du roi Salomon et exilant sa population. Il avait vaincu Tyr, la cité des grands bâtisseurs, et mis ses architectes les plus compétents à son propre service. Il avait fait construire les temples de la ville, la grande ziggourat Etemenanki et la muraille. La cité était sa cité.

Souvent, les soirées étaient consacrées à l'apprentissage de la lecture et de l'écriture. Ashurat taillait des calames dans des roseaux et utilisait un peu d'argile à poterie pour fabriquer des tablettes sur lesquelles Manaïl s'exerçait. Avant qu'elles ne soient sèches, on les effaçait et, le lendemain, elles devenaient un pot ou un bol. Le potier lui révéla aussi les secrets des nombres, qui pouvaient servir à tenir un inventaire, à compter le passage du temps, à mesurer les surfaces et les distances, à calculer les angles et même à construire des temples. Ashurat lui répétait sans cesse que les nombres étaient le langage sacré des dieux et que celui qui les maîtrisait pouvait percer tous les mystères de l'univers. Manaïl absorbait les enseignements comme une éponge absorbe l'eau, retrouvant le plaisir oublié d'apprendre comme il l'avait fait jadis avec son père.

Quand il ne s'exerçait pas à l'écriture et au calcul, le garçon passait les soirées avec son maître, allongé sur le sol, à observer les cieux. Le potier lui montrait les astres du doigt et lui expliquait comment ils influençaient la vie des hommes et déterminaient leur destin. Il lui parlait beaucoup des dieux et des déesses qui habitaient le firmament et régnaient sur le monde des humains. Il lui racontait leurs exploits, lui indiquait ceux qu'il devait adorer et ceux qu'il devait craindre.

– Tu vois, cette étoile, à l'horizon ? lui demanda-t-il un soir, alors qu'ils observaient les astres. C'est Ishtar. Elle va bientôt se coucher. Chaque nuit, elle traverse les enfers sous terre avant d'en ressortir le matin, à l'est. En l'observant, on peut établir le passage du temps avec grande précision.

Manaïl regarda Ashurat d'un drôle d'air.

– Ishtar ? Euh... Maître, je peux vous raconter quelque chose ?

– Bien entendu.

Il lui relata la vision qu'il avait cru avoir le jour du festival.

– ... et Elle m'a dit que ce qu'Elle m'a montré se produirait si je refusais la quête qu'Elle me réservait. Elle m'a aussi appelé l'Élu. Bizarre, non ? conclut-il en riant de bon cœur.

Songeur, Ashurat ne répondit rien et se contenta de le regarder.

– J'avais reçu une pierre sur la tête la veille, poursuivit Manaïl. J'avais une bosse grosse comme ça ! Je devais être pas mal assommé pour voir une telle chose ! Et puis, l'autre nuit, j'ai fait un affreux cauchemar à ce sujet.

Manaïl lui relata en détail le rêve troublant qui avait marqué son arrivée chez le potier. Lorsqu'il eut terminé, Ashurat se leva avec peine et grimaça un peu lorsque ses genoux craquèrent. Une fois debout, il observa gravement son apprenti, qui s'interrompit. Il lui posa une main affectueuse sur l'épaule, l'air sérieux.

– Rentrons, tu veux ? J'ai des choses importantes à te dire.

9

LA LÉGENDE DES ANCIENS

Une fois dans la maison, son protégé à sa suite, le vieux potier attisa le feu qui brûlait dans l'âtre. Puis il versa du vin dans deux gobelets, en tendit un à son jeune compagnon et plaça entre eux un bol de pain et de fromage. En silence, il approcha un tabouret et s'assit. D'un geste, il invita Manaïl à en faire autant. Perplexe, le garçon s'exécuta et attendit en silence.

Ashurat se frotta le visage avec lassitude et sembla essayer de rassembler ses idées. Soudain, il avait l'air d'avoir vieilli de cent ans. Il inspira profondément et entreprit son récit.

– Tout a commencé voilà très longtemps, plusieurs dizaines de milliers d'années avant la naissance de nos cités. Il existait alors une grande et puissante civilisation dont le nom a depuis longtemps sombré dans l'oubli. Elle était dirigée par ceux que nous appelons les Anciens. Pendant plus de vingt mille ans, cette civilisation a prospéré sur toute la surface habitable de la Terre. L'harmonie régnait entre les hommes, qui adoraient leurs dieux avec ferveur et humilité tout en s'approchant d'eux plus que quiconque ne l'a fait depuis.

Ashurat s'arrêta et prit une gorgée de vin avant de continuer.

– Les Anciens possédaient d'immenses pouvoirs. Tu te souviens de ce que je t'ai dit au sujet des nombres ?

– Bien sûr. Ils portent en eux tous les secrets de l'univers, répondit fièrement Manaïl.

– Exactement. Les Anciens avaient atteint un degré de perfection incomparable dans leur compréhension des nombres. Le fonctionnement de l'univers n'avait plus de mystère pour eux. Dans les temples érigés à la gloire de leurs divinités, ils canalisaient l'énergie de la nature et l'utilisaient pour assurer à tous la santé et une très longue vie. Ils en alimentaient les cités, qui brillaient comme mille feux la nuit. Ils s'en servaient pour stimuler les récoltes afin que tout le monde soit bien nourri, pour construire leurs édifices majestueux et pour produire tout ce dont ils avaient besoin. Lorsqu'un objet était usé, il était reconverti en énergie et réutilisé. Ainsi, l'équilibre de la nature était préservé et, en contrepartie, les hommes en bénéficiaient. Tous les besoins de chacun étant comblés, les

Anciens consacraient leur temps à s'améliorer eux-mêmes.

– On dirait le royaume des dieux..., dit Manaïl, pris par l'histoire du potier.

– Tu ne crois pas si bien dire, mon jeune ami, approuva Ashurat en souriant. Mais ce n'était rien en comparaison du plus grand de leurs pouvoirs...

– Quel pouvoir pourrait être plus grand que ce que vous venez de me décrire ?

– Les Anciens avaient percé les mystères du temps. Tu vois, mon petit, le temps n'est qu'un aspect de l'univers, comme la distance et la hauteur. Il n'est pas une succession de secondes qui s'ajoutent les unes aux autres à l'infini. Le passé, le présent et l'avenir existent simultanément et s'influencent mutuellement. Tu me suis ?

– Euh... je crois, oui, répondit le garçon, hésitant.

– Les Anciens divisaient le temps en différentes époques qu'ils appelaient kan. Grâce à leur science, ils passaient à volonté d'un kan à l'autre, étudiaient ce qui s'y trouvait et en ramenaient des connaissances qu'ils utilisaient avec sagesse. Qui sait ? Peut-être l'un d'entre eux est-il parmi nous ici en ce moment même ? Mais le pouvoir est porteur de responsabilités et de dangers. Les Anciens conclurent que, tôt ou tard, quelqu'un aurait recours aux kan pour faire le mal. Par exemple, l'un d'entre eux aurait pu, à lui seul, modifier le passé et changer à jamais la face d'un monde qui atteignait presque la perfection. Dans leur grande sagesse, ils décrétèrent donc un interdit solennel : ce pouvoir devait demeurer secret et ne plus jamais être utilisé. Pendant vingt mille ans, l'interdiction a été respectée à la lettre.

Ashurat se leva, attisa le feu et vint se rasseoir.

– Malheureusement, les hommes sont d'une nature avide, mon petit, reprit-il. Ils ne savent pas se contenter de ce qu'ils possèdent. Ils convoitent par-dessus tout la puissance. Un jour, un Ancien a succombé à la tentation des pouvoirs interdits. À mesure qu'il en découvrait l'extraordinaire étendue, les ténèbres ont envahi son âme. Ses yeux sont devenus aveugles à l'harmonie qui régnait autour de lui. Il s'entoura d'hommes et de femmes dont il soupçonnait la faiblesse, insinua en eux la tentation du pouvoir et en fit ses disciples. En secret, ce petit groupe d'initiés poussa loin ses recherches et découvrit qu'il était possible d'ouvrir des passages vers d'autres univers. Les Mages Noirs, comme ils nous sont connus, parvinrent à ouvrir un portail entre notre univers et un autre. Ils y trouvèrent des créatures ambitieuses, hargneuses, cruelles et dotées de pouvoirs plus grands encore que ceux des Anciens. Ils aimèrent leur puissance et la désirèrent pour eux-mêmes.

Le potier prit un morceau de pain, coupa une tranche de fromage avec un petit couteau, porta le tout à sa bouche et but une autre gorgée de vin. Absorbé par le récit de son maître, Manaïl attendit la suite.

– Il était difficile pour les Mages Noirs de garder le portail ouvert plus de quelques minutes à la fois. Pendant longtemps, ils se contentèrent d'entretenir de brefs contacts avec un habitant de l'autre univers. Ils finirent par l'adorer comme leur dieu. Lorsqu'il les jugea mûrs, ce faux dieu leur proposa de se joindre à lui et à sa race pour instaurer sur Terre un Nouvel Ordre, leur faisant miroiter une puissance et une richesse infinies. Ensemble, leur promit-il, ils régneraient sur une nouvelle civilisation. Ils exploiteraient à leur seul profit les richesses de la Terre et réduiraient les hommes à l'état d'esclaves. Leur pouvoir serait sans limites. Les richesses et les plaisirs qu'ils en tireraient seraient toujours renouvelés.

– Et les Mages Noirs furent séduits ? demanda Manaïl.

– Pour le plus grand malheur des hommes, oui. L'usurpateur leur révéla le secret qui leur permettrait de garder leur côté du portail ouvert. Il parvint à leur envoyer une petite quantité d'un métal inconnu, noir comme la nuit, qui absorbait la lumière au lieu de la réfléchir. Il leur enseigna comment en façonner un puissant talisman qui canaliserait l'énergie de la Terre sur le portail. Dans le secret absolu, les Mages Noirs firent forger les cinq parties du talisman par cinq artisans différents. Ne reculant devant aucune ignominie, ils les assassinèrent ensuite pour préserver leur secret. Lorsque les cinq parties furent complétées, ils assemblèrent solennellement ce talisman, qui devint l'objet le plus maudit de la Création.

– Ils ont ouvert le portail ?

– Oui. Et le résultat fut un désastre. Le Nouvel Ordre ne pouvait s'amorcer que par la destruction de l'ancien. Toutes les forces de la nature se déchaînèrent en même temps. Les Anciens parvinrent à s'emparer du talisman et à refermer le portail, mais il était trop tard. De violents tremblements de terre secouèrent les continents, jetant à terre des édifices que l'on croyait éternels, ne laissant que ruine et désolation. Des volcans crachèrent, carbonisant sans distinction les hommes et leurs œuvres. Les cieux s'ouvrirent et, des années durant, la pluie inonda la Terre, lavant et purifiant l'erreur des Mages Noirs. D'immenses raz-de-marée balayèrent impunément ce qui résistait encore, engloutissant sur leur passage des royaumes et faisant surgir des terres vierges des profondeurs de la mer. De hautes montagnes furent avalées dans les profondeurs du sol. Des forêts luxuriantes se transformèrent en déserts arides.

Des milliers d'espèces d'animaux et de plantes amoureusement protégées par les Anciens furent effacées à jamais de la surface de la Terre. Enfin, lorsque la colère des cieux se calma et que ce qu'il restait d'hommes et de femmes crut pouvoir reprendre espoir, un froid terrible, insupportable, enveloppa le monde. Pendant dix mille ans, la plus grande partie des terres habitables ne fut qu'un désert de glace.

Ashurat but un peu de vin. Dans la lumière du feu, il avait les traits tirés.

– De la glorieuse civilisation des Anciens, continua-t-il, seuls quelques monuments perchés sur les plus hauts sommets du monde et perdus au milieu des déserts furent épargnés, testaments muets et mystérieux de leurs accomplissements.

– Et le talisman ? voulut savoir Manaïl, suspendu aux lèvres du potier.

– Pendant très, très longtemps, il fut oublié. Sans les pouvoirs des Anciens, la vie des hommes ne fut plus jamais facile. Terrés dans des cavernes, à la merci des éléments et des bêtes sauvages, errant à la recherche de leur nourriture, ils avaient tout oublié : les secrets de l'agriculture, de l'écriture, des mathématiques, de l'astronomie, de l'architecture... Peu à peu, ils se regroupèrent en petits villages et commencèrent à ériger à tâtons un semblant de civilisation. Mais ils étaient redevenus des enfants.

– Et les Anciens ? Qu'est-il advenu d'eux ?

– Quelques-uns survécurent. Lorsqu'ils jugèrent que les hommes avaient assez progressé, ils se manifestèrent. Arrivés dans d'étranges navires, ils s'installèrent dans les villages les plus prospères. Ils enseignèrent aux hommes les rudiments des sciences et leur donnèrent des lois. C'est ainsi que la civilisation refleurit. Voilà plus de trois mille ans, grâce aux connaissances des Anciens, les Sumériens érigèrent les grandes cités d'Éridou, d'Ourouk, d'Our, de Kish et de Lagash le long du Tigre et de l'Euphrate. Les Anciens choisirent le plus sage des prêtres sumériens, Namdinir. Ils lui révélèrent la cause réelle du grand cataclysme et le prévinrent des effets destructeurs du talisman. Ils lui dévoilèrent l'existence d'un des derniers vestiges de leur civilisation : un temple, situé à Éridou, qui avait survécu à la destruction. Ils se gardèrent bien de lui révéler comment il avait été construit et la nature des forces qu'il canalisait. Ces dangereux secrets, personne ne devait plus jamais les posséder. Mais ils lui expliquèrent les prodiges qu'on pouvait y accomplir et lui en confièrent les six clés afin qu'il puisse l'utiliser si jamais les dieux permettaient que le talisman resurgisse un jour.

– Il existe toujours, ce temple ?

– Mais bien sûr ! dit Ashurat. Et il existera à jamais. Le Mage sumérien devait en préserver le secret au prix de sa vie. Il devait aussi former un disciple et l'initier aux mystères des Anciens afin qu'il puisse un jour lui succéder. Ce disciple devrait en initier un autre, et ainsi de suite pour des siècles ou des millénaires, jusqu'à la destruction du talisman. Car un jour, prophétisèrent les Anciens, un Élu viendrait qui, seul, posséderait ce pouvoir. Lorsque leur enseignement fut complété, les Anciens repartirent. Jamais plus on ne les revit.

– A-t-on retrouvé le talisman ?

– Oui, mais pour le plus grand malheur des hommes, les dieux ont voulu qu'il tombe entre de mauvaises mains. Namdinir, le premier Mage, avait transmis le savoir des Anciens à son successeur, qui l'avait légué à son successeur, qui le communiqua à son tour à Naska-ât. Prêtre d'Ishtar, déesse de l'amour, de la fertilité et de la guerre, c'est lui qui, le premier, sentit la puissance du talisman se manifester à Éridou. Naska-ât avait cinq apprentis qu'il formait depuis plusieurs années : Mourît, Noshkem, Abidda, Hiram et Ashurat.

– Il portait le même nom que vous !

Le potier haussa les épaules et sourit tristement.

– Comme chacun le méritait, le Mage avait tardé à choisir lequel lui succéderait, poursuivit-il. Ce fut une bonne chose car, sachant que désormais le temps pressait, il put les initier tous les cinq. Il remit à chacun une bague identique à celle qu'il portait lui-même. Ensemble, ils firent le serment solennel d'empêcher le talisman de sévir à nouveau. Ils prirent le nom de Mages d'Ishtar. Naska-ât et ses disciples se mirent à la recherche du talisman. Pendant des années, ils infiltrèrent un à un tous les cultes de la ville, feignant d'adorer des dieux qu'ils abhorraient, s'abaissant aux gestes les plus vils dans l'espoir d'entendre parler du talisman. Naska-ât devint très vieux et malade. Il désespérait de mener à bien sa mission avant qu'Ereshkigal, amante de Nergal et déesse des Enfers, ne l'emmène dans le royaume d'En-Bas. C'est à ce moment qu'Ishtar lui vint en aide.

Le regard d'Ashurat se perdit tout à coup loin, très loin, et l'homme reprit son récit d'une voix monocorde et remplie de mélancolie.

– Ashurat était le plus jeune des disciples de Naska-ât. Comme tous ceux de son âge, il était audacieux. Il était parvenu à se faire accepter par les adorateurs de la divinité la plus vile d'Éridou : Nergal, dieu des Enfers, de la destruction, de la maladie et de la guerre. Surmontant sa répugnance, il assistait à leurs cérémonies, au cours desquelles on sacrifiait des animaux et, parfois, des esclaves. Chaque fois qu'il était témoin de telles atrocités, il implorait intérieurement la clémence d'Ishtar.

Il persévéra néanmoins et gagna la confiance des prêtres du culte qui l'inclurent dans des rituels de plus en plus secrets et mystérieux. Au cours d'un de ceux-ci, Mathupolazzar, le grand prêtre de Nergal, avait exhibé un petit objet en forme d'étoile, fait d'un étrange métal noir et terne. Ashurat sut alors qu'il avait retrouvé le talisman. Le tenant élevé au-dessus de sa tête, Mathupolazzar entonna un chant rituel dans une langue ancienne qu'Ashurat ne connaissait pas. Un phénomène étonnant se produisit. Devant un anneau de pierre sculpté qui saillait du mur, l'air se mit à onduler et un passage s'ouvrit. De l'autre côté, Ashurat aperçut un homme. Il était grand et mince, d'allure impériale. Une robe rouge lui couvrait les pieds et il portait un casque surmonté de deux cornes. Ses pupilles minces et verticales étaient semblables à celles d'un chat, et l'iris de ses yeux était jaune. Il dégageait une immense cruauté. Tous les adorateurs de Nergal se prosternèrent aussitôt en psalmodiant « gloire à Nergal ». Pendant quelques minutes, l'homme leur adressa la parole d'une voix qui semblait provenir des confins de l'univers, puis le passage se referma.

– C'était le talisman des Mages Noirs ! s'écria Manaïl. Ils avaient réussi à rouvrir le portail !

– Précisément, répondit le potier. Ashurat comprit alors que les événements qui avaient rayé la civilisation des Anciens de la surface de la Terre étaient à nouveau enclenchés. Une fois la cérémonie terminée, il prétexta vouloir se recueillir encore un peu et, lorsque le temple fut désert, il s'empara du talisman pour le ramener à Naska-ât. S'extirpant de son lit de mort, le vieux Mage l'accepta avec une crainte respectueuse, sachant que le temps était venu d'utiliser les pouvoirs que les Anciens avaient laissés derrière eux. Il mena ses disciples vers le lieu qu'aucun d'eux n'avait jamais vu : le temple du Temps, révélé jadis par les Anciens. Il démonta le talisman maudit de ses mains tremblantes et confia un fragment à chacun des cinq initiés. Puis il les investit d'une mission sacrée...

– Une mission ? Laquelle ?

– Il leur expliqua que le temple permettait de passer dans d'autres kan sélectionnés à l'avance par les Anciens et connus d'eux seuls. La mission de chaque disciple consisterait à franchir une des six portes et à disparaître à jamais dans le kan sur lequel elle s'ouvrirait. Là, au prix de leur vie s'il le fallait, ils veilleraient sur le fragment que Naska-ât leur avait confié. À moins d'une extrême urgence, ils ne devraient jamais se revoir, et seulement dans le temple du Temps.

– Qu'est-ce qui s'est passé ensuite ?

– Ils ont fait le serment d'obéir aux instructions de Naska-ât. Le sacrifice qu'on exigeait d'eux était cruel et ils avaient le cœur gros. Mais ils connaissaient l'importance de leur mission. Après des adieux déchirants, ils ont franchi les portes chacun leur tour en serrant précieusement le fragment dont ils avaient la charge. Depuis, ils ne se sont plus jamais revus.

10

LA RÉVÉLATION

Le soleil se levait lorsque Ashurat acheva son récit. En une nuit, il semblait avoir vieilli de dix ans.

– Cela s'est passé voilà plus de trois mille ans, conclut-il. Depuis lors, les cinq Mages d'Ishtar veillent sur les fragments du talisman, tandis que les adorateurs de Nergal, les Nergalii, les recherchent à travers les kan pour les réunir.

– Ils peuvent voyager dans le temps, eux aussi ?

– Bien sûr. Rappelle-toi que, comme les Mages Noirs, ils maîtrisent les pouvoirs de l'ombre.

– De toutes les histoires que vous m'avez racontées, maître, celle-ci est la meilleure, s'exclama Manaïl, ravi.

Ashurat fit une moue qui trahissait un certain inconfort. Il hésita un peu et enfonça son regard dans celui de l'enfant.

– Je suis ravi que le récit te plaise, mon petit,

car ce que je viens de te raconter est la stricte vérité. Je le sais, j'y étais. Je suis le Mage Ashurat, disciple de Naska-ât.

Manaïl demeura interdit pendant un moment, ne sachant pas s'il devait prendre son maître au sérieux. Puis il pouffa de rire.

– Allons donc, maître ! C'est impossible ! rétorqua-t-il lorsqu'il eut retrouvé un peu de sérieux. Grâce à vos enseignements, je sais compter. Si vous aviez vécu à Éridou voilà plus de trois mille ans, vous seriez mort depuis longtemps !

– Pourtant, comme tu peux le constater, je suis bien vivant et j'ai soixante-sept ans, pas trois mille ans. Je suis arrivé à Babylone sous le règne de Nabuchodonosor II, qui a construit tous les grands édifices de la cité, voilà une cinquantaine d'années. Je suis devenu potier. Ainsi, je pouvais passer inaperçu et gagner ma vie. Et depuis, je veille sur le fragment du talisman de Nergal que m'a confié Naska-ât, mon maître.

– Et moi, je suis Mushhushshu, le dragon qui protège les dieux ! s'exclama Manaïl en riant. Regardez : j'ai des pattes d'aigle et de lion, une tête de serpent et mon corps est recouvert d'écailles ! Grrrr !

Ashurat soupira. Il ne pouvait guère blâmer son protégé. S'il avait été à sa place, il n'aurait pas cru une telle histoire, lui non plus. Il désigna de la tête l'anneau qu'il portait à la main droite.

– Tu te souviens de cette bague ? C'est celle des Mages d'Ishtar, dit sombrement Ashurat. Je la tiens de Naska-ât. Il n'en existe que cinq. Chaque Mage en porte une pareille. Elle ne quittera mon doigt que pour passer sur celui de mon successeur, lorsque je quitterai ce monde.

Ashurat approcha sa main du feu et laissa les flammes lécher la pierre.

– Depuis longtemps, je cherche en vain l'apprenti qui me succédera. J'ai eu des candidats par le passé, mais aucun ne faisait vraiment l'affaire. Je me fais vieux. Je vais bientôt passer dans le royaume d'En-Bas et je commençais à désespérer lorsque Ishtar t'a placé sur mon chemin, mon enfant. Maintenant, je comprends pourquoi : j'ai beaucoup mieux qu'un apprenti. Mon successeur, reprit le potier, ce sera toi, Manaïl.

Le garçon observa le vieil homme. C'est qu'il avait l'air très sérieux... Les rides semblaient s'être creusées sur son visage.

Ashurat éloigna sa main des flammes et tendit la bague vers Manaïl.

– Regarde.

Manaïl se pencha sur le bijou et écarquilla les yeux d'étonnement. Sur la pierre noire scintillait une silhouette humaine, bras et jambes tendus.

Ses teintes orangées donnaient l'impression que les flammes s'y étaient logées. La figure humaine se trouvait au centre d'une étoile d'un bleu glacial aux cinq pointes parfaitement régulières.

Le cœur de Manaïl se serra dans sa poitrine et, inconsciemment, il porta la main à sa blessure.

– C'est le signe que le vieux fou a gravé sur ma poitrine, murmura-t-il, un peu inquiet.

– C'est un pentagramme, répondit Ashurat sans développer.

Le jeune apprenti était incapable d'arracher son regard à la contemplation de l'étrange joyau. Ashurat prit l'instrument avec lequel il avait attisé le feu et traça d'un seul trait une étoile sur le sol en terre battue.

– Tu vois, petit, dit-il, l'étoile est le symbole d'Ishtar, qui guide les Mages. Comme Ishtar règne sur l'amour et la fertilité, mais aussi sur la guerre, Elle peut faire le bien comme le mal. Et l'étoile représente cette ambivalence. Lorsqu'elle est dessinée à l'endroit, la pointe vers le haut, elle représente le bien. Ses cinq pointes font référence au chiffre 5, le chiffre médian entre 1 et 9, comme l'homme est à mi-chemin entre l'animal et les dieux. Ainsi que tu l'as noté sur ma bague, elle a d'ailleurs la forme d'un homme, la tête au sommet, les bras tendus vers l'extérieur et les jambes vers le bas. Elle indique que l'homme doit aspirer à s'élever vers le Bien et le Divin.

Avec son pied, il effaça l'étoile sur le sol et en traça une autre, dessinée cette fois la pointe vers le bas.

– La tête à l'envers, elle représente le contraire : la guerre, la destruction, l'homme qui se voue au Mal, qui refuse les dieux, qui rejette leurs bienfaits, qui se concentre sur la vie terrestre, le pouvoir, la domination, la satisfaction immédiate. Elle représente des hommes qui ont oublié qu'ils avaient une âme et qu'ils devaient se soumettre aux dieux.

La main reposant toujours sur sa poitrine, Manaïl ne savait quelle question poser parmi les milliers qui se bousculaient dans sa tête. Avant qu'il ne puisse en choisir une, le potier se leva, l'air las, et fit craquer son dos.

– Je suis un vieil homme, petit, dit-il en bâillant. La nuit a été longue et Shamash est déjà levé. Allons dormir un peu, tu veux ? Nous poursuivrons cette conversation plus tard. J'ai encore beaucoup à t'apprendre.

Ashurat jeta un dernier regard sur son apprenti avant de se retirer pour dormir.

*

Manaïl n'avait pas sommeil. Il passa plusieurs heures à se retourner sur sa natte sans jamais trouver une position confortable. Le récit d'Ashurat défilait sans cesse dans sa tête et, à mesure qu'il y réfléchissait, une méfiance de plus en plus grande s'insinuait en lui. Personne ne pouvait avoir plus de trois mille ans ! Bien sûr, il y avait cette étonnante bague. Mais une image qui apparaissait à la chaleur ne prouvait rien du tout. Le potier était peut-être sorcier. Et ces élucubrations confuses au sujet de pentagrammes, du Bien et du Mal et de chiffres...

Ashurat, cet homme si bon et si doux, avait-il perdu la raison ? Après son éprouvante rencontre avec Noroboam, le sort avait-il voulu que Manaïl tombe sur un autre fou ?

*

Dans le noir, les mains croisées derrière la tête, Ashurat angoissait. Il n'aurait peut-être pas dû brusquer ainsi les choses. Le petit n'était pas prêt, c'était évident. À son âge, il aurait dû faire preuve d'une plus grande patience et attendre. Maintenant, il craignait d'avoir perdu sa confiance... Et s'il décidait de s'enfuir ? Ashurat l'imaginait à nouveau seul dans les rues de Babylone, exposé à tous les dangers. Il ignorait tout de qui il était. Il serait sans défense. Les Nergalii étaient à Babylone. La présence de Noroboam le prouvait. Ils auraient beau jeu d'exterminer l'enfant comme un vulgaire insecte. Ils étaient sans doute déjà à sa recherche. Le temps pressait. Ashurat avait depuis longtemps accepté le fait que sa vie n'avait aucune importance. Seule comptait la sécurité de ce fragment maudit. Mais il ne devait pas mourir sans avoir préparé l'enfant. Sinon, lui et les autres Mages d'Ishtar auraient veillé tout ce temps pour rien. Tout espoir serait perdu.

À contrecœur, le potier se résolut à être patient. Il devait laisser du temps au petit. Il ferma les yeux et invoqua Ishtar de toutes ses forces en espérant qu'Elle l'entende et qu'Elle inspire l'enfant.

Le vieil homme finit par sombrer dans un sommeil tourmenté. Dans ses rêves, il fuyait des poursuivants pour protéger un talisman maudit.

11

L'ÉMISSAIRE D'ISHTAR

Durant les jours qui suivirent, la curieuse conversation qu'avaient eue Manaïl et Ashurat sembla être devenue un tabou. Méfiant, le garçon n'avait aucune intention d'aborder le sujet et le potier restait fermé comme une huître, comme s'il avait honte de s'être ouvert ainsi à son apprenti de croyances aussi délirantes. Entre eux s'installa un malaise de plus en plus tangible que les conversations banales ne parvenaient pas à dissiper.

Un matin, au début du mois de Tashritu[1], Ashurat tira son apprenti du sommeil alors que Shamash se levait à peine.

– Réveille-toi, Manaïl, dit-il en le secouant légèrement. Nous avons beaucoup de travail devant nous.

– Non..., geignit le garçon, à moitié endormi. Il est trop tôt... Laissez-moi dormir.

---

1. Septembre.

– Allons, debout ! Aujourd'hui, nous allons au marché.

– Au marché ? Pour quoi faire ?

– Pour vendre nos poteries, tiens ! Il faut bien que je gagne un peu d'argent pour loger et nourrir mon nouvel apprenti qui mange comme deux. Allez !

Manaïl avait fini par se lever. Après un petit-déjeuner rapide composé de dattes, de pain et de lait de chèvre, son maître et lui s'étaient mis en route vers le marché. La maison d'Ashurat était située près de la porte de Sîn et ils durent marcher jusqu'à la grande ziggourat. Dans des paniers tressés, ils transportaient des pots, des assiettes, des bols et des cruches fabriqués au cours de la dernière semaine. La blessure de Manaïl lui fit un peu mal à l'effort, mais il se garda bien d'en parler à Ashurat. Pour rien au monde il n'aurait voulu le décevoir. Lorsqu'ils arrivèrent au marché, le potier avisa un emplacement avantageux au cœur de la place et, ensemble, ils disposèrent la marchandise sur le sol. Les clients ne tarderaient pas à arriver.

Mal à l'aise, Manaïl observa les alentours. Il avait si souvent volé dans ce marché. Les marchands ne l'avaient certainement pas oublié. Même sous la protection du vieux potier, il n'était pas le bienvenu dans cet endroit. Il suffisait qu'on l'aperçoive et la chasse au « Poisson » reprendrait de plus belle.

Et puis, il devait bien l'admettre, la liberté des

rues de Babylone, où il avait si longtemps erré, lui manquait un peu. Il s'en ouvrit à son maître.

– Permettez-vous que j'aille me promener ? J'ai l'impression que ma présence nuirait un peu à vos affaires...

– Je comprends, répondit Ashurat. Il faudra du temps à tout ce monde pour t'oublier. Allez, va t'amuser. Mais reste loin des petites rues sombres et ne parle pas aux étrangers, d'accord ? Et reviens avant midi.

– D'accord ! s'exclama le garçon en s'élançant. C'est promis.

Le cœur serré, Ashurat regarda Manaïl s'éloigner. Et si quelqu'un d'autre guettait le petit ? Il avait une telle importance. Ashurat regretta de l'avoir autorisé à partir seul, mais il était trop tard. Le garçon avait déjà disparu. Il se raisonna en se disant qu'Ishtar veillerait sur lui et songea que cet enfant était courageux de se promener tout seul si peu de temps après sa terrible aventure. Mais les jeunes gens étaient tous pareils. Ils se croyaient invincibles. Lui-même n'avait-il pas fait face à de terribles dangers, alors qu'il était à peine plus âgé que Manaïl ?

*

Les rues de Babylone n'avaient pas changé. Pourtant, elles paraissaient différentes. Était-ce le fait qu'il avait maintenant un chez-soi et qu'il choisissait de s'y balader au lieu que la vie le force à y errer ?

Suivant le conseil d'Ashurat, Manaïl resta près des grandes artères. Il aboutit sur la place publique, là où se trouvaient la grande ziggourat, le temple de Mardouk, le palais royal et, un peu à l'écart, le temple d'Ishtar. La vision de la déesse lui revint en mémoire et, avec elle, l'anxiété qu'il avait ressentie.

Son regard se porta vers le temple d'Ishtar et fut attiré par un mouvement au pied du grand escalier. Malgré la distance qui le séparait du temple, il n'y avait aucun doute possible : c'était la fille de l'autre jour. Personne d'autre n'avait ce port altier, cette démarche féline, cette chevelure noire à laquelle les rayons du soleil donnaient des reflets bleutés. Même le panier d'osier rempli d'offrandes qu'elle portait ne l'empêchait pas d'être gracieuse.

Manaïl allait se fondre dans la foule pour qu'elle ne l'aperçoive pas lorsque, d'un geste pressant mais discret de la main, elle lui fit signe de la suivre et s'engagea dans l'escalier, vers le sommet du temple. Rêvait-il ? Elle l'appelait ? Manaïl se frotta les yeux. Elle était toujours là. Il s'élança dans sa direction, bousculant au passage quelques personnes sans même prendre le temps de s'excuser.

Lorsqu'il parvint devant le grand escalier, essoufflé, elle avait déjà disparu à l'intérieur. Manaïl se mit à gravir les marches deux à deux. Après une minute de cet exercice, il atteignit le sommet, haletant et dégoulinant de sueur. Il sentait les battements de son cœur dans sa blessure, mais ne s'en préoccupa pas. Il resta sur le seuil et tenta de repérer la vision de rêve.

Le temple était beaucoup plus petit qu'il ne le paraissait vu d'en bas. L'endroit était sombre et, chose étonnante, dépourvu de décorations. De chaque côté, cinq grandes colonnes de pierre soutenaient le toit, créant une allée centrale qui menait vers une statue d'Ishtar, au fond de la pièce. Entre les colonnes et de part et d'autre de la déesse, des vasques enflammées donnaient, pour tout éclairage, une lumière vacillante. À l'extrémité du temple, un homme et une femme étaient agenouillés devant Ishtar, implorant sans doute Ses faveurs. Mais la fille semblait s'être volatilisée.

Manaïl n'avait jamais osé pénétrer dans le temple d'Ishtar. À force d'être méprisé et rejeté, il en était venu à se sentir indigne. Il aurait eu l'impression de souiller ce lieu saint. Mais le désir de revoir la fille était trop fort. Il voulait lui dire que, même si son étrange main palmée en avait fait un indésirable, même si on disait qu'il n'était rien, il avait un cœur comme tout le monde et qu'elle avait eu raison de lui sourire. Il entra.

Il avança lentement, tendant le cou pour voir si quelqu'un se tenait entre les colonnes ou près des murs, dans la pénombre. Le bruit de ses pas qui résonnait sur le plancher de marbre était l'unique son dans la pièce. Tout à coup, il aperçut une forme blanche sur sa droite, qui disparaissait derrière une colonne. Il se précipita dans sa direction, la rattrapa et lui saisit le bras. La jeune vierge d'Ishtar se retourna, scandalisée qu'on ait osé la toucher. Ce n'était pas celle qu'il cherchait. Manaïl se confondit en excuses et s'éloigna.

L'homme et la femme venaient de se relever, leurs dévotions terminées. Dans la pénombre, Manaïl remarqua que la femme avait les yeux rougis. Elle avait beaucoup pleuré. L'homme lui murmura des paroles réconfortantes et elle posa sa tête dans le creux de son épaule. Serrés l'un contre l'autre, ils traversèrent le temple et sortirent. Le garçon se demandait quel malheur avait bien pu frapper ce couple. La perte d'un enfant ? L'incapacité d'en concevoir ?

Il regarda partout autour de lui. Il était seul. Tout à coup, avec son écho impressionnant et sa pénombre, le temple lui parut un peu sinistre. Il s'avança jusqu'au pied d'Ishtar, se demandant bien comment il avait pu s'imaginer voir la déesse en personne et lui parler, lui, un simple mendiant. Inconsciemment, il se tâta la tête, là où la pierre l'avait atteint, et haussa les épaules. La déesse avait tout de même été bonne pour lui. Il devait le reconnaître. Il s'agenouilla devant la statue, regrettant de n'avoir aucune offrande à lui faire, s'inclina et remercia Ishtar du fond du cœur de lui avoir fait connaître Ashurat.

Ses dévotions terminées, il se releva et traversa le temple en longeant les colonnes. Soudain, une main surgit et se plaqua sur sa bouche. Un bras lui encercla le torse et le tira brusquement vers l'arrière. Manaïl essaya d'appeler à l'aide, mais ne réussit à produire que des cris étouffés.

– Chut ! fit une voix féminine dans son oreille. On va finir par t'entendre. Et arrête de te débattre comme ça.

Manaïl se détendit un peu et cessa de tirer sur la main qui recouvrait sa bouche.

– Je peux te lâcher, maintenant ? demanda la voix. Tu ne feras pas de bruit ?

Manaïl fit non de la tête. Avec prudence, la main relâcha sa pression et quitta son visage pendant que le bras qui l'encerclait relâchait son étreinte. Libéré, il se retourna pour voir qui l'avait agressé ainsi. À nouveau, il fut près de défaillir, mais, cette fois, la douleur de sa blessure n'avait rien à y voir.

Elle était là, devant lui, splendide, posant sur lui un regard grave. Pour la première fois, il put l'observer de près. Elle était aussi grande que lui. Peut-être même un peu plus. Sa musculature était gracieuse, mais vigoureuse. Il venait juste d'en avoir une preuve irréfutable. Son air félin donnait l'impression qu'elle pouvait bondir à tout moment. Ses grands yeux sombres parsemés de taches dorées semblaient avoir capturé un peu du soleil mésopotamien.

De toute sa vie, Manaïl n'avait jamais parlé à une fille pour autre chose que mendier. Un vagabond sale et infirme n'intéressait pas les filles... Et celle-ci était la plus belle qu'il avait jamais vue. Il avait l'impression que ses jambes ne voulaient plus le porter.

– Toi..., balbutia-t-il, soudain incapable d'articuler la moindre pensée cohérente. Je... Tu...

– Chut ! fit la fille, inquiète, en balayant la pièce du regard. Il est interdit aux vierges d'Ishtar de fraterniser avec les profanes. Si on nous surprenait, on me jetterait à la rue. Je dois te parler. C'est très important. Dans deux jours, lorsque Sîn sera à son apogée, retrouve-moi derrière le temple de Gula, près de la porte d'Urash.

Sans rien ajouter, elle se fondit dans le noir et disparut sans bruit, telle une apparition. Pantois, Manaïl resta un bon moment seul dans le temple. Tout à coup, cet endroit n'avait plus rien de sinistre...

12

INQUIÉTUDE DANS LA CITÉ

Sur la place du marché, Ashurat l'attendait. Il était debout et semblait impatient de s'en aller.

– Te voilà. Je commençais à m'inquiéter. J'ai déjà vendu toutes mes poteries, déclara le vieillard sans grand enthousiasme en désignant le sol nu devant lui. Allez, viens. Nous rentrons.

La tête dans les nuages, Manaïl accompagna son maître jusqu'à la maison en rêvassant. Sur le chemin du retour, le potier resta silencieux. Mais, depuis la fameuse conversation, de tels silences, pour inconfortables qu'ils fussent, étaient fréquents et Manaïl ne s'en formalisa pas. Ses pensées étaient occupées par des choses infiniment plus agréables. La fille, cette créature de rêve, lui avait parlé, à lui, « le Poisson »... Et il allait la revoir. Il avait peine à le croire. Les deux prochaines journées lui paraîtraient aussi longues qu'une vie entière.

Comme il fallait renouveler l'inventaire, Ashurat passa l'après-midi à fabriquer de nouvelles pièces que son apprenti mettait au four. Manaïl était si heureux qu'il avait l'impression de flotter au-dessus du sol. En quelques semaines, sa vie avait complètement changé. D'objet de risées et de moqueries, sans logis ni amis, il était devenu un apprenti potier. Il avait un toit et mangeait à sa faim. Et voilà maintenant que cette fille, dont le visage ne quittait plus ses pensées, le traitait comme un être normal. Pour la première fois depuis très longtemps, il se surprenait à croire en l'avenir.

Il lui fallut plusieurs heures pour remarquer à quel point son maître semblait préoccupé. L'air renfrogné, le vieil homme fronçait les sourcils et rata plusieurs poteries, lui dont le travail était toujours impeccable. Plusieurs fois, il écrasa une pièce imparfaite d'un poing rageur et en refit une motte de glaise.

– Qu'avez-vous, maître ? demanda Manaïl. Ai-je fait quelque chose qui vous a déplu ?

Ashurat sembla s'extraire avec peine de ses pensées. Il leva la tête et jeta un regard grave à son apprenti.

– Non, petit. Je suis juste inquiet. Très inquiet.

– Pourquoi ?

Le potier soupira.

– Ce matin, au marché, j'ai entendu des rumeurs

très préoccupantes. On dit qu'en ce moment même, les armées perses marchent en direction de Babylone.

– Elles vont envahir la cité ? s'exclama Manaïl, incrédule.

– Ça en a tout l'air. On raconte que Nabonidus s'est enfermé à double tour dans son palais. Ce misérable sait très bien que la population ne demanderait rien de mieux que de le voir disparaître. Si les Perses entrent dans Babylone, il marchandera sans doute avec eux et s'enfuira comme un rat.

– Mais on dit que Cyrus II, lui, est un fidèle adorateur de Mardouk et d'Ishtar. Il ferait un meilleur roi que Nabonidus, non ?

– Tu as sans doute raison, petit. Ce n'est pas Cyrus que je crains. Ce sont ses troupes...

« Ce n'est certainement pas un hasard si les Perses se présentent tout à coup devant Babylone, juste après que Noroboam m'a reconnu, songea Ashurat. Je le sens dans mes tripes : les Nergalii sont derrière tout ça. Et s'ils entrent dans Babylone, qui peut dire si j'aurai le temps de faire de toi ce qu'Ishtar exige ? Trouveras-tu la mort aux mains des envahisseurs ? Ou mourrai-je moi-même avant d'avoir accompli ma tâche ? Seras-tu laissé seul, comme avant, sans que personne n'ait pu t'instruire de la mission qui t'attend ? Passeras-tu ta vie dans l'ignorance pendant qu'à Éridou, on reconstitue ce maudit talisman de Nergal ? »

Prêt ou pas, le petit devait savoir la vérité, décida Ashurat. Toute la vérité. Dès demain. Il n'y avait plus de temps à perdre. Il était peut-être même déjà trop tard...

13

VERS BABYLONE

À la tête des troupes perses, Pylus avançait vers le nord à travers les plaines sablonneuses en direction de la Mésopotamie. À ses côtés, sur un cheval noir comme la nuit, se trouvait Cyrus II. Le roi des Perses et des Mèdes avait troqué sa robe brodée de fil d'or et sa couronne pour un simple pagne de cuir, des jambières, un casque de bronze, une épée et un arc. À quarante et un ans, il était encore un formidable guerrier, comme en témoignait son physique impressionnant. L'honneur qu'il conférait à son jeune général en lui permettant de se tenir près de lui faisait des envieux.

Depuis trois semaines, ils progressaient sans relâche, suivis de la puissante cavalerie perse, des archers aux arcs à l'extrémité recourbée d'une grande puissance et, à l'arrière, de la solide infanterie des Mèdes. Comme d'habitude, les renseignements de son correspondant anonyme s'étaient avérés exacts : les éclaireurs étaient revenus la veille en annonçant que les cités d'Opis et de Sippar n'étaient protégées que par de modestes garnisons qui seraient écrasées sans difficulté. Le mois d'Ululu avait cédé la place à celui de Tashritu. Bientôt, ils parviendraient en vue d'Opis. Ensuite, ils fonceraient sur Babylone. La capitale offrirait une résistance, cela était certain. Mais les Perses seraient vainqueurs. Pylus pourrait ensuite se consacrer à sa véritable mission.

Le Nergali était fébrile. Depuis qu'il était général, il avait eu tout le temps requis pour convertir secrètement les hommes de son régiment personnel au culte de Nergal. Ceux qui avaient résisté avaient tous eu de fâcheux « accidents ». Les cinq cents hommes qui restaient lui seraient loyaux jusqu'à la mort. Grâce à eux, il retrouverait Ashurat et l'égorgerait lentement avant de lui trancher la tête. Il récupérerait le fragment du talisman, même s'il devait mettre tout Babylone à feu et à sang. Si la chance lui souriait, il débusquerait peut-être même le gamin qui avait l'audace de croire qu'il était l'Élu.

« L'Élu », songea Pylus avec mépris. Mathupolazzar croyait dur comme fer à cette légende. Pourtant, ce n'était que ça : une légende. Pour le Nergali, une seule chose était réelle, le pouvoir. Il retournerait certes à Éridou. Il y ramènerait peut-être aussi deux têtes... Mais le fragment, il ne le donnerait à personne. Il le garderait pour lui-même. Seul, il se mettrait à la recherche des autres et, lorsque le talisman serait enfin réuni, lui, Pylus, et personne d'autre, régnerait sur le Nouvel Ordre. Il avait le talent qu'il fallait pour appuyer ses ambitions et en était conscient. Ce vieux fou de Mathupolazzar ne lui arrivait pas à la cheville.

Un cri autoritaire interrompit ses réflexions.

– Halte ! s'écria Cyrus en levant la main par-dessus sa tête.

Derrière eux, l'interminable colonne humaine s'arrêta graduellement. À l'horizon, on pouvait apercevoir la silhouette d'une ville.

– Regarde, là-bas, dit le roi. C'est Opis. Que l'on établisse le campement pour la nuit et que l'on poste des sentinelles avancées. Les hommes doivent se reposer de leur marche. Nous attaquerons dans deux jours. Après Opis, ce sera Sippar, puis Babylone.

« Et après Babylone, ce sera le monde », se dit Pylus.

14

L'ÉLU

Lorsque Ashurat émergea de sa chambre le lendemain, Manaïl remarqua les cernes foncés sous ses yeux, mais n'en dit rien. Son maître n'avait manifestement pas fermé l'œil. Son pas était lourd et ses gestes semblaient hésitants. Ses mains tremblaient un peu. Il avait l'air épuisé. Pour la première fois, Manaïl eut conscience que son sauveur était vraiment un vieil homme. Toute la journée, ils fabriquèrent des cruches sans beaucoup discuter.

Après le repas du soir, Ashurat vida d'un trait son gobelet de vin et le posa sèchement sur la table, l'air décidé. Il regarda son apprenti et laissa échapper un long soupir.

– Que sais-tu du dieu Uanna ? demanda-t-il sans préambule.

– Seulement ce que vous m'en avez appris, maître, répondit Manaïl en fouillant sa mémoire. La légende raconte que voilà très longtemps, un déluge avait frappé la Terre. Uanna était le premier de sept sages nommés *apkallu*. Mi-homme, mi-poisson, il est sorti des eaux du Levant et il est venu vivre pendant quelque temps avec les hommes. Avec l'aide des six autres apkallu, il leur a apporté les arts, les sciences, l'écriture et la civilisation. Une fois leur tâche terminée, les apkallu sont repartis pour toujours.

Ashurat se leva et se dirigea vers la petite cour intérieure. Manaïl le suivit. Ils s'assirent côte à côte sur un banc et l'apprenti attendit en silence. Le potier avait le regard perdu dans le lointain. Il soupira et se retourna vers Manaïl, l'air grave.

– Uanna était un Ancien, dit-il. Il faisait partie des survivants qui ont rendu la civilisation aux Sumériens, il y a des milliers d'années. Il est venu sur un navire plus grand et plus puissant que tout ce que les hommes avaient vu. Comme tous les Anciens, il avait les mains palmées. Au fil des siècles, dans l'esprit des hommes, il est devenu un dieu, mi-homme, mi-poisson.

– Vous n'allez tout de même pas me dire que vous l'avez connu aussi, maître ? s'impatienta Manaïl.

– Non. C'était bien avant mon temps. Avant les grandes cités, avant les temples, rétorqua le potier, pensif. Mais il y a une partie de l'histoire du talisman de Nergal que je ne t'ai pas encore révélée, mon petit. En léguant leurs pouvoirs au premier Mage, dit-il, les Anciens ont aussi laissé une prophétie qui s'est transmise depuis de maître à apprenti : *L'Élu se lèvera, rassemblera le talisman et le détruira. Fils d'Uanna, il sera mi-homme, mi-poisson. Fils d'Ishtar, il reniera sa mère. Fils d'un homme, d'une femme et d'un Mage, il sera sans parents. Fils de la lumière, il portera la marque des ténèbres. Fils du bien, il combattra le mal par le mal.*

– Et alors ? demanda le garçon.

– N'oublie pas que pour les Anciens, le temps n'était pas une barrière. Peut-être ont-ils vu l'avenir… Ou peut-être l'ont-ils planifié. Je l'ignore. Mais ils savaient ce qui se produirait un jour et nous l'ont annoncé afin que nous puissions nous y préparer.

Ashurat se pencha vers l'avant, appuya ses coudes sur ses genoux, joignit les mains et regarda au loin.

– Quand je t'ai vu, le soir où je t'ai ramené ici, j'ai compris qu'Ishtar te réservait une tâche plus importante encore que d'être mon successeur. Tu seras bien plus qu'un Mage d'Ishtar, mon petit. Cet Élu annoncé par les Anciens, c'est toi. Tu possèdes le pouvoir de détruire le talisman de Nergal.

– Moi ? s'exclama Manaïl. Mais je n'ai que quatorze ans ! Même si votre talisman existait vraiment, comment pourrais-je le détruire ? Je ne sais rien faire à part de vilaines poteries.

– Notre vie est soumise à la volonté des dieux, petit, reprit patiemment le vieil homme. Je sais que tu doutes, mais tu finiras par croire. Tu n'as pas le choix. Ton sort est scellé.

Manaïl bondit sur ses pieds et se mit à gesticuler.

– Maître ! Vous délirez ! Cette prophétie ne parle pas de moi ! Je ne suis que « le Poisson » ! Celui que tout le monde ridiculise et maltraite ! L'avez-vous déjà oublié ? Je ne suis rien ! Certainement pas un héros ! Laissez-moi tranquille avec toute cette histoire !

Ashurat tourna lentement la tête et posa sur son protégé un regard gonflé de tristesse.

– N'en sois pas si certain, pauvre enfant, dit-il, la voix épaissie par des sanglots contenus. Comme les Anciens, tu es mi-homme, mi-poisson.

– C'est une infirmité, c'est tout ! protesta Manaïl en cachant instinctivement sa main gauche derrière son dos. Et je m'en passerais bien, vous le savez.

– Tu as rejeté l'appel d'Ishtar, répliqua le potier. Tu as renié la déesse.

– Je vous l'ai dit cent fois, maître : j'avais reçu une pierre sur la tête. J'étais étourdi et j'ai eu une hallucination ! Vous n'allez tout de même pas croire que la déesse perdrait son temps avec un moins que rien comme moi !

– Tu es orphelin, mais fils d'un homme et d'une femme, insista Ashurat en levant l'index.

– Je ne suis quand même pas le seul orphelin de Babylone !

– Tu es fils d'un Mage.

– Pas le fils. L'apprenti ! Ce n'est pas la même chose !

– Tu es aussi le fils que je n'ai jamais eu et que j'attendais. Mon héritier spirituel, si tu veux. Mon apprenti. Comme un père forme son fils, je devrai te former.

Ashurat marqua une pause et son visage s'assombrit.

– Et surtout, tu portes la marque des Ténèbres, ajouta-t-il en désignant tristement de la tête la poitrine de son apprenti.

Manaïl porta la main à son torse.

– Ce n'est pas ma faute ! C'est ce vieux fou qui... qui...

– Cette marque est celle des adorateurs de Nergal, coupa Ashurat. L'autre nuit, tu as noté avec justesse qu'elle était semblable à celle que porte ma bague. Mais elle n'est pas identique.

– Bien sûr qu'elle l'est. Une étoile, c'est une étoile.

– Observe-la bien.

Manaïl obtempéra. Il releva sa tunique et écrasa maladroitement son menton contre son torse pour mieux apercevoir les épaisses cicatrices écarlates qu'avait laissées sa rencontre avec Noroboam l'Araméen.

– C'est une étoile, comme celle de votre bague, maître, persévéra le garçon en haussant les épaules. Rien de plus.

– Songe que tu la vois à l'envers...

Frappé de stupeur, Manaïl leva les yeux vers son maître. Tout à coup, son visage était pâle.

– Sa pointe est vers le bas, compléta Ashurat. C'est un pentagramme maléfique : le symbole du culte de Nergal.

Manaïl regarda en alternance le symbole tracé par son maître et celui sur sa poitrine.

– Alors, le vieux fou qui m'a tailladé ce signe sur le torse était un adorateur de Nergal ? conclut-il, ébranlé, après quelques instants. Un de ceux qui voulaient ouvrir ce portail dont vous m'avez parlé l'autre nuit ?

– Exactement, répondit Ashurat. Noroboam était un Nergali. Je l'ai connu, jadis, à Éridou. Il était encore jeune. Il était déjà vil, dénué de scrupules et entièrement dévoué à ses maîtres. Il participait au culte de Nergal que j'étais parvenu à infiltrer. Comme tous les Nergalii, il était fasciné par le mal et le Nouvel Ordre représentait pour lui la chance de donner libre cours à toute sa perversité.

Jusqu'au soir où Ishtar a guidé mes pas vers toi, j'ignorais qu'il était ici, dans ce kan. Étant donné l'âge qu'il avait, il s'y trouvait depuis beaucoup plus longtemps que moi, mais nous ne nous étions jamais croisés. Les quatre-vingt mille habitants ont été mon meilleur camouflage.

Manaïl fronça les sourcils, incrédule.

– Bon. Vous viviez voilà plus de trois mille ans, affirma-t-il en haussant les épaules avec indifférence. Et alors ?

– Comme je te l'ai raconté, répondit Ashurat, lorsque Naska-ât a brisé le talisman, il a confié à chacun de ses disciples, dont je faisais partie, un fragment et nous a ordonné de veiller sur lui, à l'abri des Nergalii. La présence de Noroboam à Babylone prouve ce dont je me doutais déjà : les Nergalii se sont mis à la recherche des fragments dès que nous les avons emportés.

– Alors, pourquoi le lépreux m'a-t-il attaqué ? Je n'en savais rien, moi, de son fragment !

– Les Nergalii connaissent la prophétie des Anciens aussi bien que les Mages. Ils craignent sans doute l'apparition de l'Élu qui, lui seul, pourrait mettre fin à leurs plans. Noroboam a senti ta présence et il a tout naturellement tenté de t'éliminer avant que tu ne puisses commencer à récupérer les fragments du talisman.

– Même en acceptant que je sois l'Élu, je ne comprends pas comment il a pu savoir que j'étais là.

– Il a senti que ton pouvoir se manifestait.

– Mon pouvoir ? Mais je n'en ai pas, de pouvoir !

Ashurat sourit.

– Ne t'est-il pas arrivé récemment une chose étrange que tu ne peux pas expliquer ?

– Euh... oui, répondit le garçon, songeur. Une fois...

Manaïl songea à l'épisode récent au cours duquel il avait échappé aux hommes qui voulaient lui faire un mauvais parti et s'était retrouvé derrière eux sans savoir comment. Il le relata à Ashurat.

– La prophétie le dit : *il combattra le mal par le mal*, reprit le potier après avoir écouté son apprenti sans l'interrompre. L'Élu possédera les pouvoirs interdits des Anciens. C'est seulement ainsi qu'il pourra rivaliser avec les Nergalii, qui les détiennent aussi. Noroboam est peut-être stupide, mais il est quand même un puissant Mage Noir. Il a ressenti ton pouvoir naissant et t'a cherché. Il t'a probablement trouvé par les yeux de ce corbeau qui semblait te suivre. Heureusement, Ishtar veillait. Quand tes cris ont retenti, l'image d'un garçon à la main palmée et couronné de lumière a jailli en moi. « Celui-là est mon Élu. Sauve-le », a tonné une voix impérieuse. Je me suis précipité aussi vite que me le permettaient mes vieilles jambes. Lorsque je suis arrivé, l'Araméen allait t'enfoncer un poignard dans le cœur, au centre du pentagramme qu'il avait tracé sur ta poitrine pour te sacrifier à Nergal. J'ai réussi à te sauver de justesse.

Digérant toutes ces révélations, Manaïl resta silencieux un bon moment, frissonnant au souvenir de la torture qu'il avait subie.

– Vous avez mentionné un pouvoir que je suis censé posséder, reprit-il. De quoi s'agit-il exactement ?

– Du pouvoir de l'Élu d'Ishtar, petit. Celui de contrôler le temps, comme les Anciens avant lui. Lorsque ces hommes te poursuivaient dans les rues de la cité, tu y as eu recours sans le savoir. Tu as reculé de quelques secondes dans le passé. Tu avais si peur que tu as inconsciemment fait appel à un pouvoir que tu ignorais détenir.

– Si c'était vrai, j'aurais pu l'utiliser aussi quand le vieux fou me tailladait, non ?

– Noroboam maîtrise ces pouvoirs beaucoup mieux que toi. Il t'aurait empêché de reculer, ou peut-être aurait-il simplement reculé avec toi, expliqua Ashurat.

– Bon..., reprit Manaïl, toujours sceptique. Alors, si Noroboam cherchait un fragment du talisman, pourquoi ne s'en est-il pas emparé pour retourner ensuite tranquillement chez lui, où ou quand que ce soit ?

– Parce qu'avant de me voir, il ignorait qu'un talisman se trouvait à Babylone. Il était posté ici pour guetter, comme plusieurs autres, sans doute. Les Nergalii rôdent dans les *kan*.

Manaïl se prit la tête à deux mains et la secoua de frustration.

– Le temps... Les *kan*... Les Nergalii... Je n'y comprends plus rien, moi, à cette histoire de fous !

Le potier fit un sourire patient et lui tapota affectueusement l'épaule.

– Rappelle-toi que j'ai fréquenté les Nergalii pendant plusieurs années pour gagner leur confiance et que c'est moi qui leur ai volé le talisman. Ils n'oublieront jamais mon visage. Et, évidemment, lorsque nous nous sommes affrontés, Noroboam m'a reconnu malgré l'œuvre des années.

– Mais ce n'est pas grave, n'est-ce pas ? Vous l'avez... tué ?

– Je suis un vieil homme. J'ai pu l'assommer, mais il a réussi à s'enfuir.

– Où ça ?

– Pas où, mais quand. À Éridou, j'imagine. Trois mille ans dans notre passé... Là où les Nergalii attendent tranquillement que leurs émissaires reviennent avec les fragments pour reconstituer le talisman.

– C'est impossible. Ils sont tous morts depuis longtemps ! s'écria Manaïl.

– Je te l'ai dit : le temps n'est pas linéaire. Il ne se déroule pas du passé vers l'avenir en un flot continu et régulier. Tout existe simultanément. *Tout a déjà été, est et sera*, disaient les Anciens.

Ashurat prit un petit bâton qui traînait par terre et traça une ligne droite sur le sol.

– Cette ligne représente le temps, expliqua-t-il avec une patience infinie. Ce point représente Éridou, voilà trois mille ans. Celui-là représente le moment où nous vivons. Et ça, c'est notre avenir, ajouta-t-il en survolant le reste de la ligne avec le bâton. Tu me suis ?

– Euh... Je crois, dit Manaïl en hochant la tête.

– Notre passé à nous est le présent d'Éridou, voilà trois mille ans. Notre présent est le futur des Nergalii. Il suffit qu'un de leurs émissaires retourne à ce point précis du temps, à Éridou, donc dans ce qui sera alors le présent, et quelques heures, voire quelques secondes à peine, se seront écoulées. Pour eux, le vol du talisman vient tout juste de se produire.

Manaïl essayait de donner un sens à ce qu'il venait d'entendre. Tout cela était si compliqué qu'il en avait mal à la tête.

– Alors, si l'affreux bonhomme est retourné dans

le passé, il leur a certainement dit que vous étiez ici, maintenant...

Le garçon fit une pause, essayant de maîtriser les idées qui se bousculaient dans sa tête et de leur donner une cohérence.

– ... et les Nergalii savent qu'un fragment se trouve à Babylone, finit-il par murmurer.

– C'est probable, oui. Et maintenant qu'ils connaissent ton existence, ils vont réorienter leurs recherches autour de ta personne. Crois-moi, ils ne ménageront aucun effort pour le retrouver, compléta Ashurat. Peut-être qu'ils enverront un seul homme. Peut-être aussi qu'ils arriveront en force...

– Les Perses ?

– J'en ai bien peur, répondit le potier. Les Nergalii ont très bien pu envoyer un ou plusieurs des leurs dans un passé récent, disons un ou deux ans avant aujourd'hui, pour faire naître chez Cyrus II l'envie d'envahir Babylone.

– Et s'ils parvenaient à regrouper les fragments et à rouvrir le portail ? Que se passera-t-il ?

Ashurat le regarda gravement.

– Ils instaureront le Nouvel Ordre de Nergal et ce qui constitue pour eux l'avenir sera modifié à jamais.

– Leur avenir... est notre présent. Alors...

– Alors, notre présent n'aura jamais existé.

Ashurat vrilla son regard dans celui du garçon.

– Toi seul peux empêcher cela. Mais tu dois d'abord accepter que la tâche est la tienne.

Dans la tête de Manaïl, la scène de désolation que lui avait présentée Ishtar refit surface, aussi intense qu'au cours de sa vision. Les paroles de la déesse lui revinrent en tête : *Ceci est l'avenir d'un passé qui n'a pas été. Ton présent, dans lequel Babylone est le cœur d'un glorieux empire, n'a jamais existé. Ceci est ce qui se produira si tu refuses la quête pour laquelle je t'ai choisi.*

Le garçon devait reconnaître que l'étrange histoire de son maître se tenait. La mystérieuse bague... La marque sur sa poitrine... Sa bizarre expérience récente qui trouvait maintenant un sens... Pourtant, dans son for intérieur, il était incapable d'admettre tout à fait ce qu'il venait d'entendre. Toutes ces choses en apparence fantastiques devaient avoir des explications rationnelles. Et même s'il y avait vraiment un Élu, ce ne pouvait pas être lui. Lorsqu'il imaginait l'Élu d'Ishtar, Manaïl voyait un guerrier puissant au corps musclé, aux armes étincelantes, sage et invulnérable. Un surhomme à la mesure du roi Gilgamesh[1]. Avant que sa vie ne bascule, sa mère

1. Gilgamesh aurait été le roi d'Ourouk, en Mésopotamie, vers 2600 avant notre ère. Ses aventures sont racontées dans un des plus anciens textes connus.

lui avait souvent raconté la légende de ce roi qui avait bravé d'inimaginables dangers pour trouver la plante qui rendait immortel et ainsi rendre la vie à son fidèle ami Enkidou. Un simple garçon de quatorze ans qui ne savait que voler et tourner des poteries de qualité douteuse ne pouvait pas être un héros.

– Je sais que ça fait beaucoup d'informations à digérer d'un seul coup, dit Ashurat. Prends le temps de réfléchir. Bien que les dieux aient déjà tracé ton destin, tu as toujours la liberté de refuser. Même si les conséquences d'un refus seraient désastreuses.

– Ce que je n'arrive pas à accepter, c'est qu'Ishtar m'ait choisi, moi. Je ne suis... rien.

Ashurat se leva et, en passant près de son apprenti troublé, lui ébouriffa les cheveux comme un père l'aurait fait à son fils.

– Les voies d'Ishtar sont impénétrables, petit... Crois-moi, s'il était en mon pouvoir de t'épargner tout ça, je le ferais. Mais la déesse t'a choisi et ton nom en est la preuve irréfutable.

– Mon nom ? Comment cela ? s'enquit l'apprenti.

– Ne t'es-tu jamais demandé ce que ton nom signifiait ?

– Manaïl ? Ça ne veut rien dire du tout... C'est juste un nom.

– En babylonien, peut-être, mais en sumérien ? Je t'ai enseigné la langue sacrée, il me semble, non ?

Occupé à survivre au quotidien et convaincu de son peu de valeur, jamais le garçon ne s'était arrêté à son nom. Il était Manaïl, rien de plus...

– Ton nom n'est pas le fruit du hasard, continua le potier. Il a été choisi par Ishtar elle-même, qui a inspiré tes parents.

Avec son bâton, Ashurat traça des signes sur le sol.

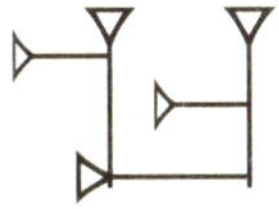

– En sumérien, que veut dire la syllabe "Ma" ? demanda-t-il.

– Euh... Brûler, détruire...

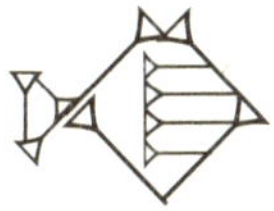

– Et Na ?

– Homme.

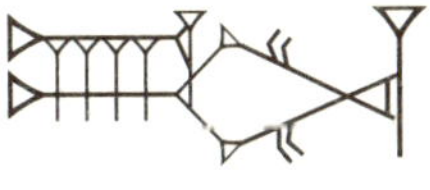

– Et Il ?

Manaïl écarquilla les yeux sous le coup de la révélation qui venait de le frapper.

– Poisson..., dit-il, le souffle coupé.

– Et ensemble, que signifient ces trois syllabes ? insista le potier.

Ashurat récrivit les signes en séquence dans le sable.

– Ça veut dire que... que..., balbutia Manaïl.

– Que tu es l'homme-poisson venu pour détruire, mon petit, compléta le potier. Pour détruire le talisman.

Stupéfait, Manaïl resta muet. La déesse avait-Elle vraiment choisi son nom ? Était-il, depuis sa naissance, son Élu ?

Le potier fit craquer son dos et s'étira.

– Il est tard. Allons dormir. La nuit porte conseil. Demain, tu verras peut-être les choses plus clairement.

– Je veux bien essayer, maître, conclut Manaïl, sans grande conviction. Mais je ne peux rien vous promettre.

– Essaie très fort. C'est tout ce que je peux te demander, répondit Ashurat avant de se retirer.

Manaïl était profondément troublé. Comment Ashurat pouvait-il espérer qu'il prête foi à une histoire pareille ? Lui, l'Élu ? C'était aussi inconcevable qu'une chèvre volante ! Tout cela n'était que l'élucubration d'un vieillard qui était en train de perdre la tête. Et pourtant...

Ishtar veillait. Le jeune apprenti allait bientôt recevoir une confirmation inattendue qui allait le faire basculer dans un univers dont il ne soupçonnait même pas l'existence.

*

Déjà, Opis était loin derrière l'armée perse. Les troupes de la cité avaient combattu avec vaillance, mais le nombre l'avait emporté. Menés par Pylus, les fantassins perses avaient laissé sur leur passage des monceaux de cadavres. Toutefois, le jeune général avait fait attention de poster son régiment d'adorateurs de Nergal à l'arrière, loin du front. Il ne voulait pas perdre de ses hommes. Il en aurait besoin, une fois rendu à Babylone. Après quelques jours de combats, Opis avait été prise et occupée par une garnison que Cyrus y avait stationnée. À l'horizon, on pouvait encore apercevoir la fumée qui se dégageait des ruines. Apprenant le sort fait à sa voisine, Sippar s'était rendue sans combattre.

Pylus était ravi. Dans quelques jours, il serait dans Babylone et sa vraie mission pourrait commencer.

15

ARIANATH

Manaïl attendit tout habillé sur sa natte jusqu'à ce qu'il soit absolument certain que son maître dorme. Il avait beau ressasser dans tous les sens l'incroyable histoire d'Ashurat, il restait sceptique malgré toute l'affection qu'il éprouvait pour son maître. Lui, l'Élu d'Ishtar ? Le sort du monde qui reposait entre ses mains ? Cela défiait l'entendement... Il serait tout à fait heureux de faire des poteries pour le reste de ses jours, Nergalii ou pas. Il ne demandait rien de plus.

À coups de souffrances et d'humiliations, la vie lui avait appris à se méfier. Les gens n'étaient jamais tout à fait bons. Ils lui avaient lancé des pierres, ils l'avaient maltraité, ridiculisé. L'un d'eux lui avait même tailladé la chair. Lui qui, voilà quelques jours encore, était si reconnaissant d'avoir été recueilli par Ashurat, se demandait maintenant s'il n'était pas tombé sur un fou aussi dangereux que Noroboam.

À contrecœur, il prit une décision : il allait s'enfuir. Dès cette nuit. Mieux valait retourner à sa vie d'antan que de cohabiter avec Ashurat et ses folles légendes. Il irait rencontrer la vierge d'Ishtar au lieu fixé, puis il retournerait vivre dans les rues de Babylone. C'en serait fini de toutes ces histoires d'Élu, de Mages sortis tout droit du passé, de Nergalii et de Nouvel Ordre. Si le monde était menacé, quelqu'un d'autre pouvait bien se charger de le sauver. Lui, Manaïl, n'avait jamais été autre chose que « le Poisson », un orphelin sans avenir. Il avait eu la naïveté de croire, pour quelques instants, qu'il en avait un comme tout le monde, mais il s'était trompé. Voilà tout.

Lorsque les ronflements sonores et persistants d'Ashurat l'assurèrent que la voie était libre, il se leva. Le cœur gros, il hésita. Le vieux potier avait été très généreux avec lui. Mais au fond, l'était-il vraiment ? Ne l'avait-il pas recueilli pour l'embrigader dans un culte étrange ?

Manaïl sortit sans faire de bruit et se glissa dans la nuit. Une fois dans la rue, il se retourna pour regarder une dernière fois la petite maison de brique où il avait eu le fol espoir d'être heureux. Mais le bonheur n'était pas pour lui. Avec un dernier pincement au cœur, il tourna les talons et s'éloigna. Il ne devait pas manquer son rendez-vous.

De nuit comme de jour, les rues de la cité

n'avaient pas de secrets pour Manaïl. Il les avait si longtemps arpentées qu'il aurait pu y circuler les yeux fermés. D'un pas assuré, il fit route vers la porte d'Urash. Mais la terrible nuit passée en compagnie de Noroboam était encore fraîche dans sa mémoire et c'est avec nervosité qu'il se rendit au lieu fixé, sursautant au moindre bruit.

Dans la nuit, le temple de Gula avait l'air encore plus petit qu'il ne l'était. Contrairement aux autres, qui avaient une forme pyramidale, celui-ci était carré et n'était pas particulièrement attrayant. On aurait dit un gros cube de pierre qu'un géant aurait laissé tomber sans s'en apercevoir. Pourtant, Gula était la déesse de la Guérison. Aux yeux de Manaïl, Elle aurait mérité un peu mieux, comme temple.

Il attendit quelques instants, tapi dans l'ombre, pour s'assurer que personne ne rôdait dans les environs. Une vierge d'Ishtar n'était autorisée à quitter le temple que durant les fêtes religieuses. Si elle était surprise à l'extérieur à tout autre moment, elle serait chassée comme une mécréante ou même vendue comme esclave.

Satisfait, il se faufila sans bruit derrière le bâtiment. Personne. Il eut soudain la certitude qu'elle ne viendrait pas. Elle avait sans doute voulu l'humilier. Il marcha de long en large, espérant de tout son cœur se tromper.

– Bonsoir, fit une voix dans le noir.

Il sursauta et se retourna. La fille émergea de la pénombre d'où elle l'avait sans doute observé pendant qu'il s'angoissait bêtement. Elle avait revêtu une tunique sans artifices et portait par-dessus une cape sombre. Un capuchon cachait son visage. Dans la nuit, elle avait l'air de n'importe quelle Babylonienne. Manaïl sentit ses jambes devenir toutes molles.

– Bon... Bonsoir, répondit-il, hésitant.

La fille retira son capuchon, s'avança vers lui et s'immobilisa à quelques pas.

– J'avais peur que tu ne viennes pas, murmura-t-elle d'une voix tremblante. Je ne sais pas ce que j'aurais fait si...

Elle inspira profondément et sembla faire un effort de volonté pour contrôler ses émotions.

– Je m'appelle Arianath, dit-elle.

– Et moi...

– ... Manaïl. Je sais, coupa-t-elle en souriant.

– Comment connais-tu mon nom ? demanda le garçon, étonné.

Le visage d'Arianath prit tout à coup une expression d'inquiétude. Elle baissa les yeux.

– Parce que nous sommes liés par le sort, répondit la fille. Tu es l'Élu, n'est-ce pas ? chuchota-t-elle.

« Voilà que cette histoire recommence », pensa Manaïl, exaspéré.

Il n'était pas l'Élu que tous ces gens voulaient voir en lui et il en avait assez. Il leva les yeux au ciel et tourna les talons pour s'en aller.

– Ne pars pas ! Je t'en supplie ! s'écria Arianath. C'est Ishtar qui m'envoie !

Manaïl s'arrêta net. Comment cette fille qu'il connaissait à peine pouvait-elle savoir... ?

– Après que je t'ai vu, reprit Arianath avec empressement, le jour de la procession, la déesse m'est apparue. Elle m'a révélé qu'Elle t'avait choisi pour une tâche immense. Elle t'a appelé l'Élu. Tu sais ce que ça veut dire ?

– Peut-être, oui, admit Manaïl à contrecœur. Mais tu te trompes de personne. Regarde-moi. Ai-je l'air d'un héros ? Ce ne sont que des sottises.

Étonnée, Arianath hésita brièvement et continua.

– Je n'ai pas bien compris ce dont Elle parlait. Quelque chose au sujet d'un talisman.

– Le talisman de Nergal ? suggéra Manaïl.

– C'est ça ! Le talisman de Nergal. La déesse m'a confié un message pour toi. Elle m'a ordonné de te dire que tu ne devais pas te détourner de la mission qu'Elle te réservait et... que tu n'étais pas seul. Elle m'a demandé de t'aider...

– Toi ?

– Moi...

La vierge d'Ishtar s'assit lourdement par terre et

prit sa tête entre ses mains. Elle était au bord des larmes.

– Depuis que la déesse m'est apparue, je fais le même cauchemar chaque nuit : Babylone est en feu et les rues sont jonchées de cadavres. Il y a des soldats partout. Des soldats étrangers. Moi, je cours vers une maison que je ne connais pas, mais dans mon rêve, je sais que c'est là que tu habites. Je dois t'aider à sauver un fragment du talisman et à fuir quelque part, je ne sais pas où. Un homme terrible est sur tes traces. Il te cherche et te veut du mal. La déesse a déclaré que sans mon aide, tu ne pourrais pas l'empêcher de s'emparer du fragment.

– Un homme ? Tu sais qui il est ? demanda Manaïl, de plus en plus angoissé.

Arianath fit une pause et reprit son récit.

– Je l'ignore. Je sais seulement qu'il s'agit d'un redoutable guerrier. Il est à la tête d'une grande armée. Il est déjà en chemin.

– Ah, lâcha le garçon en déglutissant.

– J'ai si peur, poursuivit-elle en sanglotant. Je ne sais pas ce qu'Ishtar attend de moi. Comment pourrais-je t'aider ? Comprends-tu quelque chose à tout ça ?

Manaïl se laissa choir près d'Arianath. Ses jambes ne le soutenaient plus. Il avait à peine décidé de s'éloigner à jamais de cette histoire qu'elle le rattrapait aussitôt. Si Ashurat était le seul à être au courant de la prophétie des Anciens, comment cette fille pouvait-elle en avoir connaissance, sinon parce qu'Ishtar Elle-même parlait par sa bouche ? N'était-elle pas une de Ses vierges sacrées ? Alors, c'était donc vrai... Il sentit une peur immense l'envelopper d'un voile froid. En lui envoyant ainsi la plus improbable des messagères, Ishtar avait voulu chasser ses derniers doutes.

– Oui, dit-il avec une sérénité nouvelle qui l'étonna lui-même. Je crois bien que j'y comprends enfin quelque chose.

Il s'assit à ses côtés et lui raconta tout ce qu'il savait de l'histoire du talisman de Nergal, depuis l'époque des Anciens jusqu'aux révélations d'Ashurat.

– Alors, ce talisman existe ? s'enquit Arianath lorsqu'il eut terminé son récit. Et le fragment est gardé depuis tout ce temps par ce potier, près de la porte de Sîn ?

– Oui. Enfin, c'est ce qu'il affirme.

– Tu sais où il le cache ?

– Non. Il ne m'en a encore rien dit. C'est que... j'avais décidé de ne plus jamais retourner chez Ashurat.

– Comment ? s'exclama Arianath. Tu oserais rejeter la volonté d'Ishtar ? Mais tu ne peux pas ! Tu dois absolument retourner chez cet homme et apprendre où se trouve le talisman ! Tu dois empêcher qu'il ne tombe entre les mains de ce guerrier !

Manaïl hocha la tête en silence et laissa échapper un profond soupir rempli de lassitude.

– Je sais...

Arianath fit un sourire triste et mit la main sur l'avant-bras de Manaïl.

– Tu es donc convaincu ?

– Voilà une heure à peine, je t'aurais répondu non. Mais maintenant, c'est différent. Comment pourrais-je ne pas y croire alors qu'Ishtar t'a révélé des choses que personne d'autre ne sait ?

Ils restèrent un moment silencieux, assis côte à côte, illuminés par les rayons de Sîn. Ce fut Arianath qui parla la première.

– Écoute. Je ne suis pas du tout certaine de comprendre ce que tu m'as raconté. Je sais encore moins ce que l'on attend de moi et j'ai terriblement peur. Mais j'ai consacré ma vie à Ishtar et, puisque la déesse l'ordonne, je ferai tout ce que je pourrai pour t'aider, Manaïl, déclara-t-elle d'un ton décidé en lui prenant la main. Nous protégerons ce fragment ensemble.

Manaïl eut l'impression que, d'un seul coup, le poids du monde pesait moins lourd sur ses épaules. Il sourit et acquiesça de la tête sans rien dire. Pendant encore quelques minutes, ils restèrent main dans la main. Malgré l'angoisse qui lui tenaillait les entrailles, Manaïl se sentait bien avec Arianath. Il se sentait normal. Mais le temps passait. La jeune vierge devait rentrer au temple avant qu'on ne remarquât son absence. Et Manaïl avait décidé de retourner chez lui. Ils se levèrent.

– Comment puis-je te joindre ? demanda-t-il.

– Si tu as besoin de moi, laisse une de tes poteries en offrande devant la statue d'Ishtar. Inscris-y ton nom et un message. Je viendrai te rencontrer ici le soir même. D'accord ?

– D'accord.

– Tu sais écrire, j'imagine ?

– Bien sûr, répondit fièrement Manaïl, en songeant aux caractères prédestinés qui formaient son nom et que son maître avait tracés dans le sable.

– De mon côté, si je dois te parler, j'enverrai une servante du temple déposer une note pour toi. Où devrait-elle la laisser ?

Manaïl réfléchit un instant, puis lui expliqua où se trouvait la maison d'Ashurat.

– À l'entrée de la maison, il y a une grosse pierre près du mur. Qu'elle la dépose en dessous et qu'elle l'enterre sous un peu de sable. Je regarderai chaque jour s'il y a quelque chose.

– Bon. D'accord.

Sans prévenir, Arianath s'approcha de lui, l'embrassa sur la joue, puis le serra très fort. Lorsqu'elle le lâcha, une larme perlait sur son visage.

Puis elle s'éloigna. Elle se retourna après quelques pas.

– Manaïl ? appela-t-elle.

L'apprenti potier se retourna.

– Sois prudent.

Manaïl la regarda disparaître dans la nuit en posant avec délicatesse ses doigts sur sa joue, comme pour éviter d'effacer les traces du baiser. Sur le chemin du retour, une question le déchirait toujours : pourquoi lui ?

16

LA DÉCISION DES MAGES

Au moment même où Manaïl et Arianath scellaient leur amitié, Ashurat était seul dans une pièce parfaitement ronde. Il savait que Manaïl était parti, mais il avait confiance. L'enfant avait besoin de réfléchir. Il allait revenir.

Fébrile, le vieux potier attendait. Ses yeux admiraient le décor de l'endroit où il n'avait pas mis les pieds depuis cinquante ans. Rien n'avait changé. Évidemment. Tout autour de lui, six portes en bois massif perçaient les murs d'un blanc immaculé qui semblaient avoir été construits d'une seule pièce. Le potier avait beau les caresser de la main, il ne sentait pas le moindre joint entre les briques. Au centre de la pièce, deux colonnes soutenaient une voûte de pierre peinte en bleu, décorée d'une grande étoile dorée entourée de cinq plus petites. Le sol, fait de dalles noires et blanches, formait un damier parfait.

Une porte s'ouvrit et une vieille femme en sortit.

Malgré les effets du temps, Ashurat la reconnut immédiatement. Elle était vêtue d'une jupe sombre, d'une chemise et de chaussures de cuir. Sur ses épaules, une lourde capeline était drapée. Ses cheveux jadis d'un noir d'ébène étaient striés de blanc. De nombreux colliers décoraient sa poitrine.

Ashurat se dirigea vers elle, les mains tendues.

– Abidda, dit-il, la voix remplie d'émotion. Quel plaisir de te revoir. Tu n'as presque pas changé.

– Vil flatteur, rétorqua affectueusement la femme en mettant ses mains dans celles du potier. Ma beauté de jadis n'est plus qu'un souvenir et je le sais. Quant à toi, tu as beaucoup vieilli, mon cher ami.

– Nous sommes tous partis voilà plus de cinquante ans... Le temps a fait son œuvre, j'en ai bien peur, déclara le potier en souriant.

Deux autres portes s'ouvrirent presque simultanément, laissant le passage à deux individus qui s'approchèrent et formèrent un cercle avec Ashurat et Abidda. D'un même geste, les quatre tendirent le poing droit fermé devant eux. Ils portaient chacun une bague en tout point identique à celle d'Ashurat.

– Je suis Ashurat, Mage d'Ishtar, venu jadis d'Éridou sur l'ordre de maître Naska-ât.

– Je suis Abidda, Magesse d'Ishtar, venue jadis d'Éridou sur l'ordre de maître Naska-ât.

– Je suis Mour-ît, Mage d'Ishtar, venu jadis d'Éridou sur l'ordre de maître Naska-ât.

– Je suis Hiram, Mage d'Ishtar, venu jadis d'Éridou sur l'ordre de maître Naska-ât.

Abidda les dévisagea tous pendant quelques instants, puis retira sa main. Les autres en firent autant.

– Nosh-kem n'est pas venu, dit-elle. J'espère qu'il ne lui est pas arrivé malheur.

– Peut-être est-il mort depuis longtemps déjà, suggéra Mour-ît.

– Son successeur serait venu à sa place, répondit Ashurat. Son absence ne me dit rien de bon...

– Malgré cela, je suggère que nous procédions sans délai, trancha Hiram qui, à quarante ans environ, dégageait la sagesse d'une personne beaucoup plus âgée. Je présume que la raison pour laquelle nous avons été appelés est de la plus grande importance.

Abidda se mit à déambuler dans le temple, les mains derrière le dos.

– Nous sommes ici ce soir à la demande de notre frère Ashurat, dont la prière à Ishtar, formulée en ce lieu saint voilà quelques instants, a atteint nos cœurs et inspiré notre retour. En acceptant de venir, nous avons tous pris le grave risque de laisser sans surveillance le fragment dont nous avons la garde, ne serait-ce que quelques secondes. Soyons donc brefs et laissons la parole à Ashurat.

– Je vous remercie, ma sœur, mes frères, d'avoir répondu à mon appel, déclara Ashurat. Si je vous ai convoqués, c'est que j'apporte avec moi de graves nouvelles : les Nergalii sont à notre poursuite. Ils semblent avoir posté des leurs un peu partout à travers les *kan*. L'un d'eux m'a déjà repéré et a certainement déjà averti ses acolytes.

– Alors, tu dois fuir dans un autre *kan*, mon frère, recommanda Hiram. Il est peut-être déjà trop tard pour Nosh-kem...

– Tu sais bien que ce serait inutile. Contrairement à nous, les Nergalii possèdent les secrets des Anciens. Pour eux, le temps n'a pas de secrets, alors que chacun de nous n'a accès qu'aux *kan* sur lesquels le temple s'ouvre. À compter de maintenant, vous devrez être encore plus vigilants. Les Nergalii sont peut-être déjà dans votre *kan*, tout près de vous, sans que vous ne le sachiez.

– Par Ishtar..., fit Abidda, le visage soudain très pâle. C'était inévitable. J'avais espéré qu'il leur faudrait plus de temps... Heureusement, mon fragment est bien caché.

– Tout n'est pas perdu, dit le potier. Car si les Nergalii m'ont retrouvé, c'est que l'Élu s'est manifesté.

– Je sais, rétorqua Abidda. J'ai connu un homme qui l'avait rencontré.

Ashurat sourit et laissa le soulagement l'envahir. Manaïl ne le savait pas encore, mais il avait déjà accepté. Dans un autre *kan*, sa quête était amorcée. Ce que venait d'affirmer Abidda en était la preuve.

Le potier relata aux autres Mages d'Ishtar les circonstances terribles de sa rencontre avec Manaïl et tout ce qui s'en était suivi.

– L'Élu, un gamin de quatorze ans ? s'exclama Mour-ît, dont le corps trahissait les durs travaux qui avaient marqué ses cinquante ans d'existence.

– Il possède vraiment le pouvoir des Anciens ? demanda Hiram.

– Je crois que oui. Il s'est manifesté une seule fois, mais j'ai bon espoir qu'il se développe avec le temps.

– Si vraiment ce garçon est l'Élu, il n'y a pas de temps à perdre. Il faut l'initier le plus vite possible, déclara Hiram.

– Et si ce n'était pas lui ? Si Ashurat se trompait ? suggéra Mour-ît. Abidda a connu quelqu'un qui a rencontré l'Élu, soit. Mais s'agissait-il de ce garçon ?

– Si ce n'est pas lui, il deviendra au moins le successeur que je n'ai pas encore trouvé et l'Élu apparaîtra ailleurs, dans un autre *kan*, répondit Ashurat. Comme vous le constatez, je me fais vieux et je dois agir vite. Sinon, je mourrai sans personne à qui remettre la bague et le fragment sera à la merci des Nergalii.

– Lui as-tu parlé de la prophétie ? s'enquit Abidda. Sait-il qu'il devra reconstituer le talisman pour le détruire ?

– Oui.

– En a-t-il la force ?

– Je le crois. Mais il est terrifié. En ce moment même, il erre dans les rues, seul et troublé. Mais j'ai bon espoir qu'il revienne.

Les Mages se consultèrent du regard et, l'un après l'autre, acquiescèrent de la tête.

– Fais de ce garçon ton successeur, Ashurat, ordonna Abidda. Et prions Ishtar que tu aies raison et qu'il soit l'Élu que nous attendions. Ce que tu nous apprends prouve que le temps presse.

– Je le ferai, dit Ashurat en s'inclinant. D'ici là, retournez vite dans votre *kan* et veillez sur le fragment que maître Naska-ât vous a confié.

Les Mages d'Ishtar se dirent adieu pour la seconde fois. Un à un, ils franchirent les portes du temps. Ashurat fut le dernier à partir.

17

LES POUVOIRS INTERDITS

Lorsque Manaïl revint à la maison, quelque chose en lui avait changé. La méfiance, la peur et l'incrédulité qui l'habitaient lorsqu'il avait quitté la demeure du potier avaient été remplacées par une certitude naissante. L'Élu d'Ishtar existait bel et bien, et le talisman de Nergal aussi. Ashurat avait dit vrai. Avec entêtement, Manaïl avait refusé d'entendre la déesse, mais, dans Son infinie bonté, celle-ci avait consenti à lui donner une seconde chance. Mieux encore, Elle avait reconnu sa faiblesse et lui avait offert une alliée : Arianath. Mais que lui, un simple garçon de quatorze ans, vagabond et voleur de son état, soit cet Élu, et que son maître soit venu du passé, cela, il avait encore beaucoup de mal à le concevoir.

Manaïl entra dans la maison sur la pointe des pieds. Shamash ne se lèverait pas avant plusieurs heures. Il avait le temps de dormir un peu. Au matin, il parlerait à Ashurat. Il lui présenterait ses excuses pour avoir douté de lui et de ses intentions. Il lui devait bien cela.

Il se dirigea vers sa chambre. Il allait y parvenir lorsqu'il sentit que quelque chose clochait. Ashurat ne ronflait pas.

– Tu es revenu, fit une voix dans le noir. J'en suis très heureux.

Manaïl se retourna. Dans la pénombre, Ashurat alluma avec une brindille tirée du feu une lampe à huile formée d'un petit bassin en poterie dans lequel trempait une mèche. Il lui sourit.

– Je savais que tu finirais par voir la lumière, petit, déclara-t-il affectueusement. Je n'en ai jamais douté.

Embarrassé, le garçon baissa les yeux.

– N'aie pas honte, dit le potier. Tu étais ébranlé et tu avais besoin de temps pour réfléchir.

– Et je n'ai fait que ça, maître, soupira Manaïl. Ce soir, Ishtar s'est à nouveau manifestée à moi par la voix d'une de ses vierges du temple... Ce que la déesse a révélé à Arianath, seuls vous et moi le savions, maître.

Perplexe, Ashurat releva un sourcil.

– Hmmm... Si Ishtar passe par une de ses vierges pour t'atteindre, c'est qu'Elle tient vraiment à te convaincre. Tu devrais en être flatté. Que t'a dit cette Arianath, exactement ?

– Qu'Ishtar lui avait annoncé que j'étais son Élu, qu'elle devait m'aider à récupérer le fragment et que je ne devais pas renier ma mission. Et aussi qu'un guerrier terrible est déjà sur mes traces...

Ashurat hocha la tête d'un air entendu où se mêlaient la tristesse et le fatalisme.

– Ishtar a décidé que tu serais son Élu, Manaïl, dit-il. J'imagine que tu acceptes ton sort, maintenant ?

– Je ne sais pas. Peut-être. Mais pourquoi moi ? Je suis insignifiant. Elle s'est certainement trompée.

Tout à coup, le visage d'Ashurat se contracta. Il fit quelques pas vers son apprenti et entra dans une terrible colère.

– Mais que devra donc faire Ishtar pour que tu comprennes enfin ? Tu t'imagines peut-être qu'Elle va se jeter à tes pieds et te supplier ? Qu'Elle va ramper devant toi ? Qui crois-tu être pour douter ainsi de la parole de la déesse ? Un prince ? Un roi ? Un dieu ?

– Maître, calmez-vous. Je... Je... Je disais seulement que... balbutia Manaïl en reculant.

– Me calmer ? Les Nergalii sont à la recherche des fragments du talisman de Nergal pendant que toi, tu rejettes la volonté d'Ishtar, et tu me demandes de me calmer ?

– Maître... Je vous en prie...

– J'ai accepté de gaspiller ma vie entière pour

protéger le fragment ! J'ai quitté Éridou pour vivre ici, dans un kan qui n'est pas le mien, seul, à m'angoisser et à attendre en fabriquant sans cesse des poteries, moi qui me croyais promis à une vie excitante ! Et pour quoi ? Pour que tu refuses d'en faire autant ? Tu avais peut-être mieux avant que je ne te recueille ? Qu'est-ce qui te fait croire que ta vie est plus importante que la mienne ou que celle des autres Mages d'Ishtar ? Elle ne compte pas ! Tu m'entends ? Elle ne vaut rien !

D'un geste vif, le potier dégaina un poignard de bronze et s'élança vers Manaïl. Ébranlé et transi de peur, le garçon recula en mettant les mains devant son visage. Tout se passa ensuite au ralenti. Il vit son maître, le visage déformé par la colère, approcher de lui, commencer à abaisser le poignard et rester figé en plein mouvement. Manaïl eut le temps de constater qu'aucun des pieds du vieillard ne touchait le sol. Reconnaissant l'étrange phénomène qui l'avait affecté dans les rues de Babylone, il recula d'un pas sans que son maître ne bouge. Dehors, les insectes s'étaient tus et, tout près, la flamme de la lampe ne vacillait plus. Le monde s'était arrêté. Sidéré, il comprit qu'Ashurat avait raison, il avait la faculté d'arrêter le temps.

Plus intrigué que craintif, il se déplaça sur le côté et contourna son maître. Il se trouvait derrière lui lorsque le temps reprit son cours.

– Qu'est-ce qui te fait croire que ta vie est plus importante que la mienne ou que celle des autres Mages d'Ishtar ? hurla à nouveau le potier. Elle ne compte pas ! Tu m'entends ? Elle ne vaut rien !

Ashurat s'effondra lourdement sur le sol, là où Manaïl s'était trouvé auparavant. En furie, il se releva, se retourna et s'élança derechef vers son apprenti, poignard en avant.

– Je te tuerai, ingrat ! hurla-t-il à pleins poumons. Tu m'entends ? Je te tuerai !

Une fois de plus, autour de Manaïl, tout ralentit puis s'immobilisa. Il repassa derrière le vieillard et attendit. Le temps reprit sa course.

– Je te tuerai, ingrat ! hurla-t-il à pleins poumons. Tu m'entends ? Je te tuerai !

Une seconde fois, Ashurat fonça dans le vide sous le regard médusé de son apprenti. Il finit contre un mur et se frappa violemment la tête. À bout de souffle, il se laissa tomber sur le sol et posa le poignard. À quatre pattes, il se retourna vers Manaïl.

– Tu es convaincu, maintenant, petit ? demanda-t-il, haletant. Tu possèdes le pouvoir interdit des Anciens. Tu es l'Élu.

Stupéfié, Manaïl ne put qu'acquiescer de la tête. Ashurat se releva avec difficulté, le visage livide, en se tenant la poitrine d'une main. Il s'approcha de son apprenti et le prit par l'épaule, autant pour s'appuyer sur lui que pour lui témoigner son affection.

– J'ai perdu l'habitude de tels exercices, dit-il, essoufflé. Je vais aller dormir. Tu devrais en faire autant. Demain, tu apprendras.

– Apprendre quoi ?

– Tu verras.

Manaïl accompagna son maître à sa chambre et l'aida à s'étendre sur sa natte. Il devait accepter la fatalité : qu'il le veuille ou non, qu'il s'en croie capable ou non, il était l'Élu d'Ishtar. Il ignorait à quel point il lui restait peu de temps pour devenir celui que la déesse espérait.

18

LE TEMPLE DU TEMPS

Shamash n'était pas encore levé lorsque Manaïl sentit une main qui s'insinuait dans son sommeil et lui secouait l'épaule. Dans son rêve, Arianath lui donnait un baiser sur la joue en riant et l'appelait « mon Élu ». Il ne voulait surtout pas se réveiller.

– Lève-toi, ordonna Ashurat, sur un ton qui interdisait toute réplique.

– Hein ? Euh... Quoi ? bafouilla Manaïl, tout hébété, en s'assoyant sur sa natte.

L'esprit encore tout embrouillé, le garçon obtempéra. Il bâilla et se gratta les cheveux, qui avaient déjà beaucoup repoussé. Il allait passer sa tunique et mettre ses sandales lorsque Ashurat l'arrêta.

– Laisse. Tu n'en auras pas besoin.

Vêtu de son seul pagne, l'apprenti regarda son maître s'approcher puis passer derrière lui. Ashurat lui banda les yeux avec un épais tissu noir qu'il noua derrière sa tête.

– Maître, que faites-vous ? C'est trop serré.

– Avance, répondit sèchement le potier en lui empoignant le bras pour le guider.

Un peu alarmé par ce bizarre scénario, Manaïl se mit en marche, Ashurat le poussant dans le dos de temps à autre.

– Arrête, ordonna le potier en lui retenant le bras.

– Mais, maître, que se passe-t-il ? Pourquoi êtes-vous si mystérieux ? Pourquoi me parlez-vous sur ce ton ? Ai-je fait quelque chose pour vous déplaire ?

– Tais-toi et attends. Tu dois apprendre à écouter plutôt que parler.

Manaïl se tut. Il entendit les ferrures de la porte grincer et sentit tout à coup sur sa peau nue un courant d'air froid et humide. Ils étaient dehors. Entraîné par son maître, il se remit en marche. Il hésitait, convaincu qu'il allait percuter le mur extérieur de la propriété. Mais rien ne se produisit. Il continua à avancer. Il était de plus en plus dérouté. Comment pouvait-il marcher ainsi droit devant lui pendant si longtemps dans une cour intérieure qui ne faisait que quelques bornes carrées ? C'était impossible. Et pourtant, il avançait... Privé de la vue, presque nu et frissonnant, il se sentait terriblement vulnérable et tout à fait désorienté.

La pression de la main d'Ashurat sur son bras le tira de ses pensées et il s'immobilisa. Le bruit d'une porte qui s'ouvrait produisit un écho qui l'étonna. Étaient-ils à l'intérieur ? La porte qui claqua derrière lui le lui confirma. Tout cela n'avait aucun sens. Il avança encore de quelques pas, puis dut de nouveau s'arrêter.

– À genoux, intima Ashurat en lui poussant l'épaule vers le bas.

Une fois de plus, Manaïl obtempéra. Lors qu'il fut agenouillé, la voix du potier entonna une prière que l'écho de l'endroit où ils se trouvaient rendit lugubre.

– Toute-puissante Ishtar, déesse de l'amour, de la fertilité et de la guerre, accueille dans ce temple Ton nouveau serviteur. Daigne lui conférer la sagesse, la connaissance et la force pour accomplir la mission que Tu jugeras bon de lui confier. Fortifie-le d'une parcelle de Ta divinité pour que jamais, par sa faute ou par son ignorance, les tentations de l'ombre n'aient d'emprise sur lui. Donne-lui la droiture dont il aura besoin pour que jamais les ténèbres ne puissent se rouvrir. Fais de lui un guerrier, un prêtre et un savant. Arme-le de constance afin qu'il perpétue Ton œuvre. Et donne à son humble maître la sagesse d'en faire le meilleur de Tes serviteurs. Qu'il en soit ainsi.

Manaïl sentit la main de son maître se poser sur son épaule.

– Manaïl, dit Ashurat, si tu désires toujours devenir un apprenti Mage, tu dois maintenant prêter un serment qui t'engagera pour le reste de ta vie. En ton âme et conscience, acceptes-tu de le faire ?

Le garçon hésita. Tout ce mystère... Mais il se raisonna. Il devait faire confiance à son maître. Même s'il en avait beaucoup douté, la réalité était incontestable : il ne l'avait encore jamais trompé. Grâce à lui, il avait découvert des merveilles.

– J'accepte, répondit sereinement le garçon.

Il allait être initié. Le cœur de Manaïl se serra. Malgré l'éclatante démonstration que lui avait faite Ashurat la veille, il se sentait encore si petit et vulnérable. Un doute fugitif traversa son esprit, mais il le chassa aussitôt. Il était trop tard pour reculer. Puisque c'était la volonté d'Ishtar, il en serait comme Elle le souhaitait.

– Alors, répète après moi.

Une phrase à la fois, Manaïl répéta le serment d'une voix étranglée.

– Moi, Manaïl, apprenti du Mage Ashurat, en présence d'Ishtar, en ce temple sacré, je promets et je jure sincèrement et solennellement que toujours je tairai, cacherai et jamais ne trahirai les secrets des Mages d'Ishtar, soit par ma volonté, soit par imprudence ; que je n'utiliserai les secrets et les mystères qui me seront révélés maintenant et ceux que je découvrirai dans l'avenir que pour mener à bien la mission qui m'est dévolue, au prix de ma vie s'il le faut. Je déclare en outre être conscient que, si je viole mon serment de quelque façon, ma tête tranchée sera ramenée au temple du Temps pour y être exposée comme un exemple pour tous les apprentis qui me suivront et qui nourriraient de mauvaises intentions. Qu'Ishtar me vienne en aide pour tenir fidèlement et sans défaillance cette grande et solennelle obligation d'apprenti Mage.

– Relève-toi, apprenti Mage, dit Ashurat lorsqu'il eut achevé le serment.

Manaïl obéit. Il sentit que le potier dénouait son bandeau.

– Où sommes-nous ? s'enquit-il en clignant des yeux.

– Tu es dans le temple du Temps, déclara Ashurat d'un ton grave en désignant l'endroit d'un geste de la main.

En se demandant comment il avait pu se retrouver dans cet endroit en passant par la cour intérieure de la maison, Manaïl examina les lieux. La pièce était parfaitement circulaire. Grâce à quelques torches fichées dans des socles sur les murs, elle était bien éclairée. Devant lui, au centre, se trouvait un petit autel en bois d'une grande simplicité, encadré de deux magnifiques colonnes de pierre sur lesquelles on avait sculpté Ishtar. Les murs de briques cuites étaient recouverts d'une glaçure blanche sur laquelle scintillaient les flammes des torches. Le sol était revêtu de dalles noires et blanches disposées en damier. Six portes en bois massif étaient distribuées également sur le pourtour de la pièce, divisant le cercle en six portions égales dont la pointe convergeait vers l'autel. Au lieu d'un plafond plat trônait une majestueuse voûte en demi-cercle peinte en bleu et parsemée de six étoiles dorées dont une était plus grande que les autres. Cinq des six portes étaient aussi surmontées d'une étoile.

Ashurat vint le rejoindre au centre du temple, près de l'autel.

– Ce temple est le lieu le plus sacré qui soit, petit, mais aussi le plus secret. Son existence a été révélée jadis au premier Mage par les Anciens. Jusqu'à cette minute, son existence n'a été connue que par moi-même, les quatre autres Mages et leurs apprentis. Avec toi s'ouvre une nouvelle page de notre lutte contre le talisman de Nergal.

– Alors, je suis un Mage d'Ishtar maintenant ? demanda Manaïl, honoré.

– Oui. Le serment que tu viens de prêter te lie pour toujours... même dans ses aspects les plus sombres, affirma le potier en désignant du menton un espace entre deux torches, qui avait échappé à l'attention de son protégé.

Manaïl sentit son sang se glacer dans ses veines. Accrochée au mur, une tête desséchée depuis longtemps le regardait avec des orbites vides. La bouche flasque, les lèvres retroussées sur des dents d'entre lesquelles sortait une langue brunâtre et racornie, elle était figée à jamais dans un obscène cri d'horreur. Au-dessus, quelqu'un avait suspendu sur la brique un petit écriteau de bois qui disait simplement « cupide ».

– Ce jeune imprudent avait décidé que les secrets des Mages d'Ishtar pouvaient être monnayés, raconta Ashurat d'un ton presque amusé. J'ai dû – comment dire ? – faire en sorte qu'Ishtar puisse lui rappeler ses engagements...

Le vieillard haussa les épaules et soupira.

– Enfin. C'est de l'histoire ancienne.

Épouvanté, Manaïl se contenta de déglutir. Tout à coup, le potier ne lui apparaissait plus comme le vieil homme sage et pacifique qu'il avait connu.

– Maintenant que tu saisis pleinement la portée de ton serment, reprit Ashurat, nous pouvons entreprendre ton apprentissage. Tu vois, c'est dans ce temple que le fait d'être un Mage d'Ishtar prend tout son sens. C'est d'ici que, voilà une cinquantaine d'années, sont partis les cinq Mages après que

Naska-ât eut confié à chacun d'eux un fragment du talisman de Nergal. Moi, je suis passé par ici, dit-il en désignant une porte qui se trouvait sur sa droite, et qui était en tout point identique aux cinq autres.

– Elle menait où, votre porte ?

– Tu poses mal la question, petit. Tu devrais plutôt demander où et quand elle menait. Ce temple n'est pas un simple édifice construit quelque part dans un endroit secret. Il est matériel dans l'immatériel. Il est partout et nulle part à la fois. Il existe hors du temps. Il a été construit à l'aide des connaissances depuis longtemps interdites des Anciens. Chaque porte mène à un moment et à un lieu différent. Un *kan*. Moi, par exemple, en traversant cette porte, je me suis retrouvé à Babylone sous le règne de Nabuchodonosor II.

– Et c'est par là que nous sommes passés pour entrer ?

– Oui.

– Pourtant, il n'y a aucune porte dans la cour intérieure de la maison. Ça, j'en suis certain, déclara Manaïl.

– Oh, si, il y en a une. Mais pour l'ouvrir, il te faut la clé.

– La clé...

Ashurat leva la main droite et montra sa mystérieuse bague.

– Cette bague est une clé laissée par les Anciens. Elle permet à chaque Mage d'activer les portes du temps. Sans elle, aucune ne s'ouvrira. Lorsque je retournerai au royaume d'En-Bas, elle te reviendra et tu devras la porter jusqu'à ta mort.

– Comment fonctionne-t-elle ? s'enquit Manaïl.

– Je n'en ai aucune idée, petit. Les Anciens nous ont révélé la vérité afin que nous sachions reconnaître les pouvoirs interdits s'ils se manifestaient. Mais ils ne nous ont pas légué de pouvoirs.

– Ah, dit Manaïl, un peu déçu. Alors, si je comprends bien, chacune de ces portes s'ouvre sur un autre temps et un autre endroit. Un autre kan...

– En fait, c'est encore plus précis que ça. Une de ces portes mène vers ce que tu conçois comme ton présent. Quatre s'ouvrent sur l'avenir – notre avenir – et une pénètre dans le passé, à Éridou, où tout a commencé.

– Donc, derrière cinq des six portes se trouve un fragment du talisman de Nergal, conclut Manaïl.

– C'est exact. En ce moment même, dans un kan que j'ignore, chacun de mes vieux compagnons veille sur un fragment pour le restant de sa vie. Lorsqu'ils retourneront au royaume d'En-Bas, ils seront remplacés par leur apprenti – comme moi. Peut-être même sont-ils déjà morts. Le temps ne s'écoule pas au même rythme dans tous les kan.

Pendant l'heure qu'il nous faut pour fabriquer dix cruches dans celui-ci, des siècles passent peut-être dans un autre.

Manaïl fronça les sourcils, perplexe.

– Mais, maître, lorsque vous avez traversé la porte et que vous êtes arrivé à Babylone, les choses ont dû être difficiles pour vous. Les gens parlaient une autre langue que la vôtre, les objets étaient différents, les dieux aussi... Comment avez-vous fait ?

– C'est un des nombreux mystères des Anciens... Cet endroit ne fait pas que nous transporter dans d'autres kan. J'ignore comment, mais en le faisant, il nous transforme. Lorsque je suis arrivé à Babylone, je comprenais parfaitement la langue que les gens parlaient. Bien sûr, mes vêtements semblaient peut-être étranges aux Babyloniens, mais j'ai vite réglé cette question. Pour le reste, j'ai appris...

Ashurat se tut et laissa son regard nostalgique errer dans le temple.

– Viens, petit, dit-il. Ça suffit pour aujourd'hui. Il est temps de partir.

– Vous ne voulez pas laisser le fragment sans surveillance trop longtemps, je suppose, hasarda Manaïl.

– Le fragment ? Je l'ai toujours en tête, mon petit. Tiens, remets le bandeau, ordonna le potier en lui tendant le bout de tissu.

À contrecœur, Manaïl s'exécuta. Dans le noir, guidé par son maître, il repassa dans ce qui lui semblait être un passage froid et humide.

– Voilà, nous sommes arrivés, déclara Ashurat. Tu peux retirer ton bandeau.

Ils étaient dans la cour intérieure. Manaïl se retourna vivement. Rien. Il n'y avait aucune porte.

– Mais comment... ?

– Chaque chose en son temps, petit, coupa Ashurat en levant l'index. Chaque chose en son temps. Tu apprendras tout ça avant que je ne meure. Je te l'assure.

Ils se dirigèrent vers la maison. En traversant la cour, Manaïl constata avec étonnement que l'ombre qu'il projetait sur le sol était pratiquement inexistante. Shamash était à son apogée.

– Je vois que tu as remarqué que beaucoup de temps s'est écoulé durant notre passage dans le temple, nota Ashurat, qui l'avait observé à la dérobée. Je te l'ai dit, le temple est hors du temps.

Ils entrèrent et Manaïl s'empressa de remettre sa tunique et ses sandales.

– Maître, demanda-t-il une fois qu'ils furent attablés devant un plat de fromage et de pain, il y a une chose que je ne comprends pas. Puisque je possède le pouvoir des Anciens, pourquoi aurais-je besoin des portes du temple pour me déplacer dans les kan ?

Ashurat eut un drôle de visage.

– Les Mages d'Ishtar sont des gens ordinaires dont la mission est extraordinaire. Ni moi ni les quatre autres n'avons de pouvoir particulier et seul le temple nous permet d'aller dans un autre kan. Pour le reste, nous nous fions à l'inspiration d'Ishtar. Les Nergalii, eux, manipulent le temps grâce aux pouvoirs interdits. Ils voyagent à volonté sans avoir recours à un mécanisme. Toi, tu es né avec un pouvoir aussi grand que le leur, mais tu devras le raffiner et apprendre à le maîtriser. Pour le moment, il te faudra passer par le temple pour sauter d'un kan à l'autre. Mais un jour, si tu persévères et que la déesse le veut, il en ira sans doute autrement.

– Vous n'allez pas m'aider à l'apprivoiser ?

– Je te l'ai dit, les Mages ne sont que des hommes ordinaires. Comment pourrais-je t'aider à contrôler un pouvoir que je ne possède ni ne comprends ? Patience, petit. Patience. Les choses viendront peut-être plus vite que tu ne le penses, le prévint le potier, un soupçon de tristesse perçant dans sa voix.

Manaïl se concentra très fort. Autour de lui, tout devint flou, puis s'arrêta.

– Patience, petit, dit Ashurat. Patience. Les choses viendront peut-être plus vite que tu ne le penses...

Le potier s'interrompit et releva un sourcil. Il regarda son protégé d'un œil amusé.

– Je vois que tu fais déjà des progrès...

Manaïl pouffa de rire.

19

AUX ARMES !

Durant les jours qui suivirent la visite au temple du Temps, la vie reprit un cours en apparence normal. Le maître et l'apprenti se remirent à la poterie et produisirent des pièces qu'ils iraient bientôt vendre au marché. Mais Manaïl songeait sans cesse à ce qu'il avait appris dans le lieu sacré. Tout en se sentant profondément honoré d'y avoir été admis et d'être devenu dépositaire de savoirs aussi secrets, il éprouvait une certaine insatisfaction. Car, depuis ce jour, rien ne s'était passé. C'était comme si la visite au temple avait été l'aboutissement de son apprentissage et non pas son début. Il se serait attendu à entreprendre un entraînement pour affûter son étrange pouvoir, à approfondir sa compréhension du temps, ou même simplement à reparler de tout cela. Rien. Perplexe, il s'en ouvrit au potier, qui travaillait à ses côtés.

– Maître, vous m'avez emmené dans le temple,

vous m'en avez révélé les secrets et j'ai fait de mon mieux pour tout comprendre. Que va-t-il se passer à compter de maintenant ?

– Mais rien du tout, petit, répondit Ashurat en souriant.

– Comment ça, rien ?

– Tu sais tout ce que je sais. Je n'ai rien d'autre à t'apprendre.

– Mais le fragment, la bague...

– Ah ! le fragment et la bague... Oui, oui, oui... Tu es bien pressé, jeune apprenti. Mais je me rappelle qu'à ton âge, j'étais comme toi.

– Bon, d'accord, mais il faut quand même que je sache où est caché le fragment si un jour je dois le protéger, non ?

– Bien sûr. Mais, vois-tu, la meilleure manière de protéger le fragment est que tu ne saches pas où il se trouve. Tu ne l'apprendras que lorsque mes heures seront comptées. Ainsi, une seule personne à la fois possède le secret. Pour la bague, c'est pareil. Elle te reviendra lorsque je sentirai le souffle de la mort. Pas avant. Alors, et seulement alors, je t'expliquerai comment l'utiliser.

– Mais, maître, vous pourriez avoir un accident. Vous pourriez mourir sans avoir le temps de me révéler toutes ces choses.

– Tu es l'Élu, petit. Tu dois avoir foi en Ishtar. Si une telle chose se produisait, Elle guidera tes pas.

Mais ne t'inquiète pas trop : je ne prévois pas mourir tout de suite, ajouta Ashurat avec un sourire narquois.

– Alors, qu'est-ce que je fais, moi ? demanda Manaïl, exaspéré. J'attends que vous mouriez, tout simplement ?

– Les événements te dicteront tes gestes, petit. Pour l'instant, mes obligations sont remplies. Au moment opportun, je ferai le reste. D'ici là, rappelle-toi que ta vie de tous les jours n'est qu'illusion, et qu'un jour Ishtar décidera que ton temps est venu. Prépare ton cœur et ton âme à être l'Élu qu'Elle a désigné.

Ashurat se remit à sa poterie. Si Manaïl avait pu voir ses yeux, il y aurait aperçu des larmes qui perlaient.

*

Le mois de Tashritu fit place à celui d'Arahsamnu. À Babylone, le festival des récoltes avait repris. Partout dans les rues, les gens célébraient une autre saison fertile bénie par les dieux. Comme au printemps, les gens étaient fébriles.

Les festivités étaient en cours depuis trois jours, lorsqu'un matin, Manaïl fut réveillé par une clameur inhabituelle. Il se leva et s'habilla, se demandant de quoi il retournait. Ashurat émergea de sa couche, aussi étonné que lui.

– Que se passe-t-il, maître ? s'enquit-il. Il est bien trop tôt pour que les gens fassent tout ce bruit. Les festivités ne reprennent qu'à midi.

– Je l'ignore, petit, répondit le vieux maître, l'air inquiet.

– Je vais aller voir.

Avant qu'Ashurat n'ait pu l'arrêter, Manaïl sortit dans la rue. Il y avait à peine mis les pieds qu'un homme, le visage déformé par l'effroi, le bouscula en courant à toute vitesse.

– Ils sont là ! hurlait l'individu en agitant les bras dans tous les sens. Sauvez-vous ! Ils sont là !

Sous la force de l'impact, Manaïl perdit l'équilibre et atterrit durement sur les fesses. Furieux, il se releva et balaya sa tunique toute propre pour en faire tomber la poussière pendant que l'homme disparaissait au coin de la rue. Il ne s'était même pas retourné pour s'excuser. Le garçon releva la tête juste à temps pour voir surgir un autre homme, grassouillet et le visage empourpré par l'effort, qui trottinait aussi vite qu'il en était capable en suant à grosses gouttes. Manaïl se plaça droit devant lui et l'intercepta.

– Que se passe-t-il ? Où courez-vous comme ça ? s'écria-t-il en l'empoignant par les épaules.

– Les Perses ! haleta l'homme, les yeux exorbités

regardant partout à la fois. Ils attaquent la ville ! Ils sont devant la porte d'Enlil ! Ils sont innombrables. Ils vont nous envahir, c'est certain ! Il faut fuir !

« Les Perses ? Les rumeurs étaient donc vraies ? » songea Manaïl avec effroi. Tout en combattant la panique, il ne put s'empêcher de se demander où cet individu croyait pouvoir fuir, au juste, puisque Babylone était entourée de murailles. Peu importait le quartier dans lequel il se réfugierait, si les Perses entraient dans la ville, il n'y aurait aucune cachette sûre.

En apercevant un groupe de soldats de la garde royale faire irruption, en armes, au bout de la rue, il comprit sa méprise. L'homme ne fuyait pas les Perses, mais l'armée babylonienne.

– Toi ! s'écria l'officier qui les menait en le pointant avec la lance qu'il avait dans la main.

En quelques enjambées, lui et ses soldats parvinrent à la hauteur de Manaïl.

– Tu sais manier une épée ? demanda-t-il abruptement.

– Moi ? Euh... Non. Pas du tout. Je n'ai jamais... Je ne sais même pas..., bafouilla le garçon, interdit.

– Quel âge as-tu ?

– Environ quatorze ans... Pourquoi ?

L'officier ne semblait pas l'avoir écouté. Il l'examina de la tête aux pieds comme du bétail puis se retourna vers deux soldats et le désigna de la tête.

– Il fera l'affaire, grogna-t-il avec autorité. Emmenez-le.

Manaïl fut aussitôt empoigné par les deux hommes. Trop surpris pour même se débattre, il se laissa entraîner en cherchant désespérément son maître du regard.

– Manaïl ! retentit une voix derrière lui.

Il se retourna et, soulagé, aperçut Ashurat qui accourait.

– Laissez-le tranquille ! cria le potier en approchant. Lâchez-le !

L'officier lui barra le chemin avec sa lance.

– Babylone est assiégée, dit-il. Ce garçon est en âge de porter les armes et il doit aider à défendre la cité. À moins que tu ne puisses encore manier l'épée et la lance, retourne chez toi et restes-y, vieillard. Sinon, je pourrais bien t'emmener, toi aussi. Même borgne, tu pourras toujours voir venir les ennemis sur la droite !

Derrière lui, les soldats s'esclaffèrent.

– Vous ne comprenez pas ! s'écria Ashurat, le visage déformé par le désespoir. Il ne doit pas courir de danger. Je dois le protéger. Il est l'Élu !

Le potier essaya de contourner l'officier pour atteindre Manaïl, que les deux soldats entraînaient toujours. Le militaire s'impatienta et lui asséna un violent coup sur la tête avec le manche de son arme. Ashurat s'écroula lourdement au milieu de la rue, à demi conscient. En s'éloignant, Manaïl put apercevoir le sang qui s'écoulait de la blessure de son maître. Il se débattit pour aller lui porter secours, mais les soldats resserrèrent leur prise. Le pommeau d'une épée s'abattit sur sa tête. Étourdi, il fut emmené, les pieds traînant sur le sol.

Dans les rues de Babylone, la cohue et l'anarchie régnaient. Les habitants couraient dans tous les sens en criant, poursuivis par des soldats en armes qui se comportaient avec la même cruauté que des envahisseurs. Des officiers hurlaient des ordres pour se faire entendre à travers le tintamarre. Des femmes et des enfants pleuraient à la vue d'époux et de pères emportés sans ménagement par la garde royale. Les soldats n'hésitaient pas à les frapper pour les séparer de ceux qu'ils aimaient. À mesure que quelqu'un était saisi, on l'entraînait sans ménagement vers une destination inconnue.

On emmena Manaïl jusqu'à un carrefour où des centaines d'hommes étaient entassés sur la place comme du bétail, sous le regard autoritaire de soldats en armes prêts à trucider le premier à qui l'envie prendrait de s'échapper. Il fut jeté parmi les autres. Autour de lui, pêle-mêle, les marchands aisés côtoyaient les mendiants, les esclaves, les ouvriers et les artisans. Certains avaient la cinquantaine bien sonnée. D'autres, comme lui, étaient à peine sortis de l'enfance. Un officier hurla un ordre et, sous les coups des soldats, le groupe se mit en route.

– Où nous amène-t-on ? demanda le garçon à un petit homme tout pâle et visiblement terrorisé, près duquel il s'était retrouvé.

– À la guerre. Malgré les rumeurs, ce sale chien de Nabonidus a été négligent. Il a été pris de court par l'attaque. Pourtant, toute la population savait ce que les Perses projetaient. Le roi a ordonné la conscription de tous les citoyens mâles en âge de porter les armes pour aider les troupes régulières à défendre la ville. Ils vont nous donner une épée et nous jeter dans les bras de l'ennemi. Ils nous mènent directement à l'abattoir.

Pendant le reste du parcours, Manaïl fut rongé par l'inquiétude. Il songea au vieux potier, seul et blessé. S'il ne le revoyait jamais, qu'adviendrait-il du fragment ? Serait-il laissé sans surveillance, à la merci des Nergalii ? Malgré lui, il en voulait à Ashurat de ne pas lui avoir révélé plus tôt l'emplacement du fragment. Maintenant, son entêtement risquait d'avoir des conséquences terribles. Et Arianath ? Était-elle en sécurité ? Si les Perses entraient dans Babylone, que lui arriverait-il ? Serait-elle violée, torturée, vendue comme esclave, tuée ? Il marcha en silence, le cœur serré, pendant que son monde s'écroulait à toute vitesse autour de lui.

20

AUX PORTES DE LA CITÉ

Pylus regardait Babylone et ne pouvait s'empêcher d'éprouver de l'admiration. D'un œil de connaisseur, il admirait ses remparts, formidable travail d'architecture et de maçonnerie. Ils étaient hauts comme dix hommes, peut-être davantage, et formaient une enceinte qui encerclait la cité. Avec leurs portes massives qui limitaient l'accès à des points précis, ils la rendaient pratiquement imprenable. Et pourtant, Pylus ne doutait pas que le siège serait de courte durée.

Il songeait que, tout bien considéré, cette conquête aurait été facile. Opis et Sippar appartenaient maintenant à l'Empire perse. De là, la progression jusqu'à Babylone s'était accomplie sans coup férir. Son informateur était bien renseigné, comme toujours. Tel qu'il l'avait promis, le festival des récoltes battait son plein et les travaux de restauration de la porte d'Enlil étaient inachevés.

Malgré les rumeurs d'invasion, cet imbécile de Nabonidus avait négligé d'augmenter la garnison, et maintenant il devait se rabattre sur la conscription des civils. Mais de simples citoyens ne valaient pas des soldats. Bien entendu, Babylone ne tomberait pas sans combattre. Au pire, ses réserves lui permettraient de résister pendant un certain temps à un siège. Mais elle tomberait. Et ses Nergalii entreraient en action.

Pylus observait avec satisfaction l'armée perse qui avançait vers Babylone dans un ordre parfait. Ces troupes étaient d'une redoutable efficacité et il n'en avait jamais vu d'aussi disciplinées. Déjà, les hautes tours de siège étaient appuyées contre la muraille. Un flot ininterrompu de soldats en gravissait les échelles et en sortait au sommet, réduisant peu à peu le nombre de leurs adversaires au prix de lourdes pertes. Au pied du rempart, il pouvait apercevoir des monceaux de corps empilés les uns sur les autres, baignant dans une mare de sang qui ne pénétrait plus dans le sol saturé. Pylus n'en avait cure. L'important était de préserver ses Nergalii pour la tâche ultime. Les autres pouvaient bien tous y laisser leur peau.

Amusé, il regarda un soldat perse tomber du rempart en criant, battant des bras dans le vide comme s'il allait réussir à sauver sa vie en volant. Il éprouvait un plaisir pervers, toujours renouvelé, à observer une bataille. Il trouvait dans ce ballet de corps enchevêtrés, d'entrailles sanguinolentes et de membres mutilés une sombre poésie dont il ne se lassait pas. Dans les yeux d'un adorateur de Nergal, la mort et la violence revêtaient une beauté toute particulière.

De toute façon, tout ce qui se déroulait sur les remparts n'était qu'un leurre destiné à distraire les troupes babyloniennes. C'était par la porte d'Enlil que la cité serait vraiment envahie.

Pylus était fébrile. La mission, la vraie, allait bientôt débuter. Dans quelques jours, il retrouverait Ashurat et, avec lui, le fragment. Le premier des cinq. Peut-être aussi réussirait-il à s'emparer de ce détestable enfant dont tout le monde s'inquiétait tant et qui n'avait pourtant encore rien accompli. Il lui trancherait la tête avec plaisir, ne serait-ce que pour mettre un terme à ce mythe stupide. L'Élu d'Ishtar... Balivernes, oui !

Bientôt, le Nergali ferait son premier pas sur le chemin du pouvoir absolu. Ni Mathupolazzar ni les autres Nergalii ne lui résisteraient.

– Les choses se présentent bien, déclara Cyrus II près de lui.

Pylus se retourna et dévisagea en souriant ce roi, admirable certes, mais qui ne serait jamais le sien. Il le quitterait bientôt, comme il était venu, sans prévenir. Mais il serait heureux de l'avoir aidé à s'emparer de Babylone. Cyrus était un magnifique conquérant, courageux et déterminé, qui méritait le succès. En d'autres circonstances, il aurait fait un excellent Nergali.

– Très bien, mon roi, répondit-il. Vraiment très bien.

21

SUR LA MURAILLE

Lorsque les conscrits au sein desquels se trouvait Manaïl arrivèrent en vue de la porte d'Enlil, un officier leur ordonna de s'immobiliser. Les soldats malmenèrent ceux qui n'obéissaient pas assez vite à leur goût, et bientôt tous furent en rang. De tous les coins de la cité, des milliers d'autres hommes et garçons forcés de suivre les gardes royaux convergeaient vers les murailles.

On fit mettre tout le monde en rang et chacun reçut une arme. Certains se retrouvèrent avec des lances, d'autres avec des épées. Un officier subalterne au regard froid remit à Manaïl une épée dont le tranchant avait vu des jours meilleurs. Incertain, le garçon la soupesa, lui qui n'avait encore jamais tenu une arme dans ses mains. L'objet était lourd et encombrant. Il s'imaginait mal comment il parviendrait à le manier avec assez d'adresse pour sauver sa vie.

Une poussée dans le dos lui indiqua que le temps des rêveries était terminé. L'unité se remettait en route. En quelques minutes, Manaïl parvint au pied de la muraille. Jamais il ne l'avait observée d'aussi près. Elle était immense et impressionnante. « Sûrement qu'aucune armée ne parviendra à surmonter un tel obstacle », songea-t-il.

À la queue leu leu, les combattants improvisés furent dirigés vers des échelles de bois qui donnaient accès aux différents niveaux de la muraille. Quand arriva le tour de Manaïl, il s'y engagea en tenant maladroitement son épée dans une main, saisissant les barreaux de l'autre. Il parvint au premier palier, marcha un moment sur un passage aussi large qu'une rue, puis s'engagea sur une seconde échelle. Devant lui, le petit homme qui l'avait informé voilà moins d'une heure, le visage blême et couvert de sueur, tremblait tant qu'il avait de la difficulté à grimper. Lorsqu'il atteignit le second palier, il devint complètement hystérique et se mit à crier en menaçant de sa lance les soldats qui se trouvaient là.

– Non ! hurla-t-il. Je ne suis pas soldat ! Je ne sais pas me battre ! Les Perses vont nous tuer tous ! Laissez-moi partir !

Un officier s'approcha d'un pas déterminé et, sans le moindre avertissement, lui enfonça son épée dans le ventre jusqu'à la garde, puis la retira, ensanglantée. Les mains plaquées sur sa blessure, le petit homme regarda autour de lui, la bouche arrondie par la surprise. Puis il pencha la tête et avisa son abdomen. Lorsqu'il vit le trou béant et sanglant qui s'y trouvait, ses lèvres se mirent à trembler. Il vacilla et chuta dans le vide. Pendant quelques secondes, son corps tournoya pour finalement s'écraser avec un bruit sinistre sur le sol, au bas de la muraille, une demi-corde[1] plus bas.

– Quelqu'un d'autre désire-t-il s'en aller ? lança l'officier, un sourire cruel aux lèvres, balayant le groupe des yeux.

Personne ne répondit.

– Non ? Alors, en avant !

Les conscrits se remirent en route, Manaïl parmi eux, et s'engagèrent sur la dernière échelle, la plus longue des trois. Du sommet du rempart provenait un indescriptible vacarme composé de cris, de chocs métalliques et du bruit de milliers de pieds courant dans tous les sens.

Le cœur de Manaïl se serra. Ce bruit était celui de la violence et de la mort. Tout à coup, il eut la certitude qu'il se dirigeait tout droit vers son trépas. Résigné, il essaya tant bien que mal de se convaincre que tout cela était la volonté d'Ishtar et qu'il devait

---

1. Une corde vaut 120 coudées, soit 60 mètres.

s'y soumettre. Si l'Élu devait mourir, alors soit. Et puis, peut-être l'Élu n'était-il qu'un rêve, un mythe futile ? Peut-être n'était-il après tout rien d'autre qu'un orphelin insignifiant qu'on lançait droit dans la gueule du loup, comme tout le monde ? Rempli de frayeur, il poursuivit son ascension.

Il était parvenu au milieu de l'échelle lorsqu'un hurlement de douleur lui glaça le sang. Il eut le réflexe de lever la tête juste à temps pour apercevoir un homme tomber du sommet de la muraille, une flèche en plein cœur. Manaïl se colla contre l'échelle pour éviter l'impact qui le ferait tomber lui aussi vers la mort. Il sentit la main de l'homme effleurer sa tunique au passage. L'infortuné poursuivit sa chute et entra en collision avec l'homme qui grimpait sous Manaïl. Le garçon se retourna et les vit tournoyer dans le vide et rebondir cruellement contre la muraille avant de s'écraser avec fracas près du petit homme qui avait refusé de monter.

*

De peine et de misère, Ashurat avait réussi à se traîner jusqu'à la maison et s'était enfermé à l'intérieur. Il ne se faisait pas d'illusion. Si les Perses décidaient d'enfoncer sa porte, la petite serrure ne les arrêterait pas. Assis à la table, un morceau de tissu mouillé sur le front, il constata avec détachement que sa blessure saignait toujours. Sa tête le faisait horriblement souffrir. Mais cela n'avait plus aucune importance.

Ashurat était plongé dans un épais mélange d'inquiétude, de remords et d'amertume. Il était tourmenté à la pensée de Manaïl, conscrit pour aller combattre des soldats parmi les meilleurs qui eussent jamais foulé la terre. Le petit n'avait aucune chance. À moins qu'Ishtar ne veille sur lui, il n'en reviendrait pas. Et c'en serait fini de l'Élu.

Le Mage s'en voulait amèrement de ne pas avoir mieux protégé son apprenti. S'il avait su que les Perses attaquaient et que la garde royale parcourait les rues à la recherche de conscrits, même cinq minutes plus tôt, il se serait réfugié avec l'enfant dans le temple. Là, hors du temps, il aurait été en sécurité. Mais tout s'était déroulé si vite. Pourtant, il aurait dû prévoir. C'était sa responsabilité ! Après une vie complète passée à rechercher un apprenti digne de ce nom, il avait plutôt découvert l'Élu et il avait été incapable de le protéger. Le regret qu'il éprouvait était tel qu'il en vint à un cheveu de maudire Ishtar. Il s'arrêta juste à temps et demanda pardon à la déesse. Il devait avoir la foi et accepter que les choses se déroulent comme Elle l'avait choisi, et non pas comme lui l'aurait désiré. Il n'était pas autorisé à douter que l'enfant survivrait.

Maintenant, Ashurat devait décider de la suite des choses. Bien entendu, il eût été facile pour lui de se réfugier dans le temple et de garantir ainsi la protection du fragment. Mais s'il le faisait, il ne pourrait pas savoir si Manaïl était toujours vivant. Que ferait l'enfant s'il revenait dans une maison vide ? Il ne portait pas la bague. Même s'il devinait où Ashurat se cachait, sans la bague, il serait incapable de l'y rejoindre.

Néanmoins, le Mage devait assurer la sécurité du fragment. S'il mourait seul dans la maison, tôt ou tard, les Nergalii le trouveraient.

Pour la première fois de sa longue vie, Ashurat était indécis. Pendant que la bataille se déroulait sur la muraille, le vieillard se recueillit et pria.

*

Au sommet des remparts, le combat faisait rage avec une sauvagerie inouïe. Les troupes babyloniennes et les conscrits faisaient face à un déferlement sans fin de soldats perses qui surgissaient des tours de siège et enjambaient le parapet en hurlant comme des bêtes. Les Perses concentraient leur attaque sur les portes d'Urash et de Shamash, et essayaient de pénétrer à l'intérieur de l'enceinte en utilisant le lit de l'Euphrate, qui était à son plus bas. D'incessantes volées de flèches babyloniennes s'abattaient sur eux, et bientôt l'eau du grand fleuve s'empourpra du sang d'innombrables victimes.

Les soldats babyloniens résistaient de toutes leurs forces, transperçant, tranchant et frappant avec une énergie admirable. Les uns après les autres, les Perses tombaient. Certains partaient à la renverse et chutaient dans le vide ; d'autres s'effondraient sur le parapet, rendant les déplacements des défenseurs de la cité de plus en plus difficiles. Mais pour chaque soldat perse repoussé, d'autres arrivaient, toujours plus nombreux.

– Allez ! tempêta l'officier qui attendait les conscrits au sommet de la muraille en les dirigeant vers le front. Battez-vous ! Pour Babylone ! Pour vos familles et vos biens ! Battez-vous !

Terrifié, Manaïl empoigna son épée à deux mains et se dirigea d'un pas lourd vers les combats. Tout près de lui, un soldat babylonien était aux prises avec deux Perses qui venaient de sauter d'une tour de siège. L'homme résistait avec courage aux coups de ses adversaires, parant avec agilité les tentatives de l'un et de l'autre. Mais petit à petit il reculait. Le sentant fléchir, un des Perses balaya un coup du revers de son arme en direction de ses jambes, que le Babylonien bloqua en abaissant son épée, laissant ainsi son flanc ouvert à une attaque de son autre adversaire. Ce dernier saisit l'occasion et souleva son arme pour le frapper.

Manaïl réagit par pur instinct. Il s'élança et enfonça son arme dans le dos de l'homme. Révulsé, il sentit plus qu'il n'entendit la lame trancher la peau, briser les cartilages et râper les os. Le Perse se cambra, la bouche ouverte en un cri silencieux, puis s'effondra sur le sol, l'épée encore plantée dans le dos.

Le soldat babylonien profita de la distraction pour enfoncer son arme dans la gorge de son autre adversaire.

– Merci, gamin, s'exclama-t-il en adressant à Manaïl un hochement de tête reconnaissant. Je me nomme Athropos.

– Manaïl, rétorqua le garçon.

Athropos se pencha sur le corps du Perse, en retira d'un coup l'épée et la tendit à Manaïl. Muet, le garçon la prit sans vraiment s'en rendre compte. Il venait de tuer un homme et était incapable d'arracher son regard du cadavre. La voix du soldat dont il venait de sauver la vie le tira de sa stupeur.

– Attention ! Derrière toi !

Manaïl leva les yeux juste à temps pour apercevoir un Perse qui bondissait vers lui, l'épée brandie. Avant qu'il ne puisse faire davantage que lever les bras dans un futile réflexe de protection, la lame d'une épée lui effleura les cheveux et trancha de part en part la gorge de son assaillant qui s'effondra, la tête retenue au corps par un mince lambeau de chair, le sang jaillissant en jets intermittents de sa blessure béante.

– Merci, dit-il, sidéré, en regardant son sauveur.

– Maintenant, nous sommes quittes. Mais prends garde à toi, gamin. Si tu restes les bras ballants, tu ne survivras pas cinq minutes !

– D'accord !

Manaïl pivota pour faire face au rempart. Côte à côte avec Athropos, il fit face de son mieux à la marée humaine qui surgissait sans relâche. Dans un état second, réduit à sa nature la plus primale et animé par le seul instinct de survie, il se défendit de son mieux. Lorsqu'il ne sentit plus son bras alourdi par l'effort, il changea son épée de main et recommença. Protégé par Athropos, il survécut tant bien que mal et les cadavres s'accumulèrent à ses pieds. Il réalisa avec étonnement qu'il avait un don naturel pour manier l'épée.

Après une heure, l'assaut cessa temporairement, l'ennemi retraitant pour se regrouper. Manaïl en profita pour faire l'inventaire de ses blessures. À son grand soulagement, il constata qu'il s'en était bien tiré. Une entaille sur le biceps gauche lui causait de douloureux élancements, mais déjà elle avait cessé de saigner. Pour le reste, il était couvert d'égratignures, d'éraflures et de bosses. Mais il était toujours vivant.

Des esclaves profitèrent de l'accalmie pour distribuer de l'eau aux combattants. Manaïl s'abreuva longuement, chaque gorgée lui semblant pareille à un nectar divin. La pause ne dura que quelques minutes. Un féroce hurlement collectif annonça l'approche d'une seconde vague de soldats perses. Du haut du rempart, Manaïl observa la scène et son sang se glaça dans ses veines. À perte de vue, telle une immense fourmilière, l'armée perse grouillait devant Babylone. Jamais la capitale ne pourrait survivre à une telle attaque. La chute n'était qu'une question de temps.

*

Le moment tant attendu était enfin arrivé. D'une voix puissante, Pylus lança un cri de ralliement et on sonna la charge. Des bataillons entiers se détachèrent des troupes perses et se dirigèrent au pas de course vers la porte d'Enlil. À l'avant se tenaient des fantassins qui transportaient de lourds béliers avec lesquels ils enfonceraient les portes, protégés par les volées de flèches des archers qui les suivaient. Derrière cette force se trouvaient les adorateurs de Nergal qui, à l'insu de Cyrus II, occupé à diriger les troupes et à ajuster sa stratégie à la résistance inattendue des Babyloniens, n'avaient pas encore participé à la bataille.

Bien en selle sur sa monture, Pylus adressa une dernière prière à Nergal et ordonna à ses hommes d'avancer. Pour lui, la vraie bataille commençait.

– Pour Nergal ! lança-t-il, l'épée brandie vers le ciel.

*

Du haut des remparts, pendant que tout le monde était occupé à reprendre son souffle ou à affûter son arme, Manaïl remarqua une partie de l'armée perse qui se détachait du reste des troupes et semblait se diriger vers la porte d'Enlil, voisine de la porte d'Urash.

– Athropos, dit-il à l'intention de son compagnon de combat en indiquant le phénomène du doigt. Regarde.

– Par Mardouk ! s'écria le soldat. Ils vont attaquer sur deux fronts !

Le soldat se retourna et interpella l'officier le plus proche. Il lui montra ce qui se passait. Aussitôt, l'homme donna l'alerte.

Ils attaquent la porte d'Enlil ! hurla-t-il pour se faire entendre à travers le brouhaha.

Une partie des troupes qui défendaient la muraille fut aussitôt désignée pour courir vers le nouveau point d'assaut. Certains conscrits tentèrent de profiter de la confusion pour fuir le combat, mais furent abattus par des flèches décochées par les archers. Intimidés, les autres emboîtèrent le pas aux soldats babyloniens. Bien malgré lui, Manaïl se retrouva parmi eux.

Lorsque les renforts arrivèrent, de violents combats faisaient rage. La porte d'Enlil avait été enfoncée par les béliers et gisait sur le sol. Des hordes de Perses assoiffés de pillage, protégés par leurs boucliers, s'engouffraient dans l'ouverture béante, lances en avant. Partout, de sanglants corps à corps se déroulaient. Babyloniens et Perses tombaient les uns sur les autres. Malgré sa courageuse résistance, l'armée de Nabonidus reculait sous la force de l'assaut. Paralysé de terreur, Manaïl hésita. Près de lui, Athropos se lança à corps perdu dans la bataille, fauchant au passage tous les Perses qui se présentaient sur son chemin. Mais ce formidable guerrier, pour courageux qu'il fût, n'était pas invincible. Horrifié, Manaïl aperçut un Perse, perché sur le haut de la muraille, bander son arc et le mettre en joue. Puis il laissa partir son projectile, qui pénétra entre les épaules d'Athropos et le transperça de part en part. Le valeureux guerrier tomba à genoux et essaya en vain de retirer la flèche de son cœur avant de s'écrouler sur le sol, face contre terre.

– Athropos ! hurla Manaïl. Non !

Autour de lui, l'univers se mit une fois de plus à tourner au ralenti, puis s'immobilisa. La scène se déroula à rebours. La flèche ressortit de la poitrine d'Athropos et retourna se percher sur l'arc du soldat perse. Une à une, les victimes du Babylonien se relevèrent, leurs blessures n'ayant jamais été infligées. Athropos se retrouva à nouveau aux côtés de Manaïl. Puis le temps reprit son cours.

Cette fois, le garçon agit différemment. Pendant que son compagnon se jetait à corps perdu dans la bataille, il s'élança sans hésiter vers les remparts, escaladant les échelles aussi vite que le lui permettaient ses jambes lourdes de fatigue. Lorsqu'il parvint au sommet, il avisa l'archer perse qui bandait son arc et mettait en joue son protecteur. Il se précipita en direction de l'ennemi, l'épée prête à frapper. Mais l'homme était trop loin. Il n'aurait jamais le temps de l'atteindre. Désespéré, il lança son épée de toutes ses forces. Le projectile improvisé pivota sur lui-même à quelques reprises dans les airs et atteignit l'archer dans l'oreille au moment même où il décochait sa flèche. L'épée plantée dans le côté de la tête, il s'écroula, mort avant même de toucher le sol.

Étouffé par l'angoisse, Manaïl disséqua du regard la marée humaine qui combattait en bas. Il aperçut Athropos qui luttait furieusement contre trois Perses, un sourire féroce sur le visage. Juste derrière lui, une flèche était plantée dans le sol.

Il eut à peine le temps de se réjouir que deux

Perses s'élançaient dans sa direction. Il ramassa une épée qui traînait sur le sol et s'apprêta à se défendre.

*

Entouré de ses troupes, Pylus venait de pénétrer à l'intérieur de l'enceinte de Babylone lorsqu'il tressaillit. Il avait ressenti une fluctuation dans le cours du temps. Il en était certain. Cette sensation était unique. Seulement deux explications étaient possibles : un autre Nergali était présent sur ce champ de bataille, ou alors c'était ce maudit Élu.

Les sens en alerte, il immobilisa sa monture et scruta les alentours, indifférent à la bataille qui faisait rage autour de lui. Machinalement, il abattit son épée sur la tête d'un soldat babylonien qui venait de le charger et en écarta un autre d'un coup de poing au visage. Soudain, son cœur cessa presque de battre. Là, au sommet de la muraille, un garçon résistait tant bien que mal à l'assaut de deux soldats perses. L'espace d'un instant, Pylus put apercevoir sa main gauche, qui s'était relevée devant son visage pour le protéger. Il n'y avait aucun doute. Elle était palmée...

Pylus éperonna son cheval et s'élança à travers les combattants en direction de la muraille, piétinant sans discernement des Babyloniens et ses propres soldats au passage. Si jamais le gamin – l'Élu, se corrigea-t-il intérieurement avec amusement – survivait à ces hommes, il l'achèverait lui-même.

*

Manaïl se lança in extremis sur le côté pour éviter l'épée qui s'abaissait vers lui. Les côtes appuyées contre le parapet, les yeux fermés, il frappa à l'aveuglette et sentit sa lame pénétrer dans quelque chose de mou. Il ouvrit les yeux et aperçut un des Perses qui se tordait de douleur sur le sol, les entrailles sortant de son abdomen ouvert. Au même moment, brandissant son épée dans les airs, l'autre soldat ennemi se précipita vers lui. Pour sauver sa vie, Manaïl s'écarta au dernier moment. L'homme, entraîné par son élan, ne put s'arrêter à temps. Il passa par-dessus le parapet et chuta dans le vide.

Le garçon chercha Athropos du regard, mais ne le vit pas. Peut-être le courageux soldat était-il mort ? Manaïl chassa ces pensées de son esprit. Il devait se concentrer sur sa propre survie. Il était dégoûté. Combien de vies avait-il fauchées depuis que la bataille était commencée ? Combien de blessures avait-il infligées ? Il n'en avait pas la moindre idée. Mais tout ce sang... Toute cette mort... Tout cela était sordide. Il fut soudain pris de vertige et, pour un instant, il crut qu'il allait lui aussi se retrouver au pied de la muraille. Il reprit son équilibre et vomit tout ce qu'il pouvait vomir. Puis il vomit encore, encore, et encore.

*

Du bas de l'échelle, Pylus avait tout vu. Il hocha la tête, incrédule. Ce garçon avait une chance folle. Ou alors, il était vraiment protégé... Mais il n'était qu'un enfant, faible et impressionnable.

Le Nergali descendit de sa monture et s'engagea sur l'échelle.

22

COMBAT HORS DU TEMPS

Les haut-le-cœur lui parurent durer une éternité, mais ils finirent par se calmer. Haletant, la gorge brûlée par le passage des vomissures, Manaïl, toujours plié en deux sur le parapet, reprit peu à peu le contrôle de son corps. Tout à coup, un sentiment d'urgence l'envahit. Quelque chose n'allait pas. Autour de lui, un lourd silence avait remplacé le bruit de la bataille qui se déroulait. L'entrechoquement des épées, les cris, les grognements, les pas qui résonnaient sur le sol, les sabots des chevaux, les gémissements... Tout s'était tu. Le garçon sentit les poils se hérisser sur son cou. Il se redressa, frissonnant et le visage couvert d'une sueur froide.

Au sommet des remparts aussi bien qu'en bas, le monde s'était arrêté. Partout, les combattants étaient figés dans leurs mouvements. Près de lui, la lance d'un Babylonien s'était immobilisée, à moitié plongée dans le ventre d'un adversaire, et quelques gouttes de sang flottaient, suspendues dans les airs. Plus loin, un Perse qui allait tomber à la renverse se tenait en parfait équilibre, un pied sur le rempart et le corps déjà dans le vide, une expression d'effroi peinte sur le visage.

Interloqué, Manaïl cherchait à comprendre comment un tel phénomène pouvait se produire. Cela rappelait ce qui était survenu les quelques fois où il avait réussi à utiliser le pouvoir qu'Ashurat avait identifié en lui et lui avait révélé. Mais cette fois, il n'en était pas la cause. Il ignorait ce qu'il faisait réellement pour provoquer le phénomène, mais il savait qu'il ne l'avait pas fait. Le phénomène s'était produit alors qu'il se crachait les entrailles, plié en deux sur le parapet. Quelqu'un d'autre l'avait provoqué...

À l'instant même, Manaïl aperçut une forme sombre qui se frayait un chemin dans la scène figée. Sans le quitter du regard, un homme de grande taille et à la musculature saillante, vêtu d'un plastron de cuir, d'un pagne et de sandales s'avançait d'un pas lent et ferme au cœur de la bataille. Il tenait à la main une épée massive et ne semblait pas avoir besoin d'un bouclier pour assurer sa protection. Contournant les combattants, enjambant les corps en pleine chute, écartant du bout des doigts une arme tendue qui lui obstruait le passage, il s'immobilisa à quelques coudées du garçon et pencha la tête. À travers des cheveux longs qui cachaient une partie de son visage, il releva vers lui un regard sombre et d'une froideur terrifiante. Puis il sourit avec cruauté.

– Ainsi donc, tu existes vraiment, lâcha-t-il d'une voix caverneuse. Je ne l'aurais pas cru.

Instinctivement, Manaïl recula. Cet homme lui inspirait une peur viscérale. Plus grande que celle suscitée par tous les soldats perses réunis. Il dégageait une confiance et une malfaisance presque palpables. À la seule idée de devoir l'affronter, le garçon sentait son ventre se nouer de panique.

Manaïl regarda désespérément autour de lui, à la recherche d'une issue. Il n'y avait aucune échelle derrière lui, ni entre lui et l'homme. Il était coincé. Seule son épée se tenait entre la mort et lui.

– Puisque tu es là, continua l'homme, je vais pouvoir en finir dès maintenant avec « l'Élu d'Ishtar ».

Il avait prononcé les deux derniers mots avec un mépris presque amusé. L'Élu d'Ishtar... Seul un Mage pouvait le désigner ainsi... ou un Nergali. La gorge de Manaïl se serra et il recula de quelques pas. Les Nergalii l'avaient retrouvé ! Il se remémora sa conversation récente avec Ashurat au sujet du pouvoir des adorateurs de Nergal. *Il t'aurait empêché de reculer, ou peut-être aurait-il simplement reculé avec toi*, avait dit son maître. Cela expliquait comment le temps s'était arrêté.

– Comme tu vois, je ne suis pas pressé, fit Pylus en désignant d'un geste la scène figée qui les entourait. Lorsque j'aurai terminé avec toi, je m'occuperai d'Ashurat... Tu savais que ton maître et moi nous connaissions depuis... oh... trois millénaires environ ? susurra-t-il avec un amusement évident.

Le garçon recula encore. Son dos toucha quelque chose de dur et de froid. Il comprit qu'il était appuyé contre le parapet.

L'homme avança vers Manaïl en faisant habilement tournoyer son épée devant lui. En fendant l'air, l'arme produisait un sifflement sinistre. Le garçon releva la sienne, qui tremblait un peu.

– Je vais demander à ce traître de me rendre le fragment du talisman qu'il nous a volé, continua le Nergali. Comme je le connais, il va refuser. Il a une âme si noble... Et un tel sens du devoir... Si admirable...

L'homme fit un pas de plus.

– Je vais le torturer jusqu'à ce qu'il me dise où il l'a dissimulé. On me dit qu'il est très vieux, maintenant. À son âge, il ne résistera pas longtemps, mais je vais tout de même y prendre plaisir.

Encore un pas...

– Lorsque j'aurai le fragment, je l'achèverai. Lentement.

Un autre pas...

– Puis, je vais lui couper la tête et l'envoyer à mon maître, dans le kan d'Éridou. Je me vois déjà en train de tenir cette ordure par les cheveux.

Pylus ne se trouvait plus qu'à quelques enjambées, son épée tournoyant toujours. Son sourire carnassier jurait avec son attitude détendue et Manaïl ne doutait d'aucune façon qu'il était prêt à bondir comme un fauve lorsqu'il le déciderait.

– Mais auparavant, je vais couper la tienne !

Sans avertissement, l'homme feinta sur sa gauche. Manaïl se lança de côté pour éviter le coup. Mais le Nergali n'avait pas vraiment essayé de l'atteindre. Tel un prédateur, il se mit à tourner autour de sa proie terrifiée. Tout à coup, il abaissa son épée. Manaïl saisit l'occasion et frappa. Sans effort apparent, le Nergali releva son arme et para le coup en souriant.

– Mais dites donc... Il est agressif, le jeune homme, se moqua-t-il en riant. Un vrai petit guerrier.

Pour démontrer sa supériorité, le Nergali se lança dans une furieuse attaque, pointant au ventre, tranchant à gauche, puis à droite, attaquant successivement les jambes, le visage et le torse. Manaïl parait désespérément les coups, certain chaque fois que le prochain lui serait fatal. Sans se forcer, l'homme lui infligea de cruelles coupures aux bras et aux jambes.

Du sang s'en écoulait, mais elles étaient superficielles. Cet homme combattait avec une agilité presque surnaturelle et s'amusait avec lui tel un chat avec une souris. Manaïl devait faire quelque chose, et vite. Sinon, il serait perdu.

Le garçon observa nerveusement le visage du Nergali. Son sourire était toujours aussi méprisant, mais quelque chose dans ses yeux avait changé. La cruauté y dominait encore, mais il s'y trouvait aussi autre chose. De l'inquiétude ? De l'incertitude ? Craignait-il le modeste pouvoir de son adversaire ?

Manaïl réfléchissait à la vitesse de l'éclair pour sauver sa vie. Un plan désespéré prit forme dans sa tête. « Si le temps est arrêté, alors je peux le faire avancer de nouveau ! » pensa-t-il. Il examina la scène autour de lui et il aperçut ce qu'il cherchait. Au même moment, le Nergali lança une nouvelle attaque, plus furieuse encore que la précédente. En parant de son mieux les coups qui semblaient venir de partout à la fois, Manaïl se déplaça de côté le long du parapet. Un peu plus loin, deux adversaires étaient figés sur place : un Perse qui avait enjambé le parapet était en train d'abattre son épée sur un Babylonien qui ne le voyait pas venir.

L'épée du Nergali descendit vers la tête de Manaïl, qui s'écarta au dernier moment. La lame lui effleura l'épaule. Dans le même mouvement, le garçon frappa la main de son adversaire et lui fit une profonde entaille à la base du pouce. Le Nergali grogna de douleur et recula en examinant sa main blessée. Son sourire narquois avait fait place à une grimace de rage et de haine. Les narines élargies, il respirait bruyamment, tel un taureau qui voit rouge. Ses yeux brillaient de furie.

Il s'élança en hurlant vers Manaïl, fendant l'air avec son épée à une vitesse folle. En bloquant les coups comme il le pouvait, ce dernier passa à reculons sous l'épée du Perse figé dans son attaque, qu'il avait avisé quelques secondes auparavant. Son adversaire le suivit en essayant de lui planter son arme dans le ventre.

*

Barricadée dans le temple d'Ishtar avec les prêtres, les prêtresses et les autres vierges, tous aussi terrorisés les uns que les autres, Arianath était inquiète. Manaïl était-il pris dans la bataille qui faisait rage à l'extérieur ? S'il était tué, qu'adviendrait-il du fragment du talisman ? Personne ne savait où il était caché, à part ce potier qu'elle ne connaissait pas. Prisonnière du temple, elle se sentait désespérément impuissante.

Tout à coup, son corps se crispa et une vision l'assaillit. L'Élu était vivant. Mais il était en danger.

Le terrible guerrier l'avait retrouvé et menaçait de le tuer. Elle devait l'en empêcher coûte que coûte.

Profitant de la pénombre du temple, elle se glissa sans être vue dans un couloir qui menait vers une sortie secondaire.

*

Lorsque le Nergali fut sous l'épée du soldat perse figé dans son élan, Manaïl supplia Ishtar de ne pas l'abandonner et se concentra de toutes ses forces. Il fut enveloppé par un bourdonnement et le monde commença à se remettre en marche. Le Perse qui venait d'enjamber le parapet compléta son geste interrompu sans qu'il en ait eu conscience. Il abattit son arme non pas sur le Babylonien qu'il visait, mais sur le général de Cyrus qui venait de se matérialiser devant lui. La lame frôla la tête du Nergali et lui trancha l'oreille. Pylus s'écroula sur un genou sous le regard confus du soldat perse et posa la main là où aurait dû se trouver son oreille. Un sang épais et abondant s'écoulait entre ses doigts.

Manaïl s'enfuit à toutes jambes.

Sans comprendre ce qui se passait, Pylus était agenouillé sur le sol. Une intense douleur lui sciait le côté de la tête. Lorsqu'il porta la main à sa blessure, il fut étonné de trouver, à la place de son oreille gauche, une ouverture qui s'enfonçait dans son crâne. S'attardant à peine au sang qui coulait à flots de la blessure, il aperçut un morceau de chair informe qui gisait dans la poussière devant lui. Il ramassa son oreille, se releva en faisant fi de l'étourdissement qui l'assaillait et la retourna un moment entre ses doigts. Il avait peine à croire que ce lambeau déjà exsangue avait fait partie de lui, Pylus.

Un rire désabusé lui échappa. Il était tout de même ironique de pouvoir voyager d'un kan à un autre sans effort, mais d'être incapable de recoller une simple oreille. Lorsqu'il retournerait à Éridou, ce serait avec une oreille en moins. Il haussa les épaules et lança avec dédain le morceau de chair par-dessus le rempart, sous le regard terrifié du soldat perse qui l'avait involontairement tranché. Les chiens le mangeraient sans doute et grand bien leur fasse. Lui, il avait mieux à faire que de s'épancher sur la perte d'un bout de sa personne.

Il pivota et décapita sauvagement l'infortuné soldat. Puis il se pencha sur le corps étendu et déchira des bandelettes de sa tunique. Il plia un morceau de tissu en plusieurs épaisseurs et façonna un pansement qu'il appliqua sur sa blessure, puis noua autour de sa tête une autre bandelette pour tenir le tout en place. Satisfait, il scruta le sommet des remparts. Évidemment, le gamin avait disparu.

Pylus prit quelques profondes inspirations pour reprendre ses esprits et apaiser sa colère. Il pensait toujours plus clairement lorsqu'il était calme. Et il se mit en route.

Une fois au cœur de la bataille, le Nergali marcha au hasard, bloquant des coups sans trop y prêter attention, tuant distraitement, ses yeux cherchant sans relâche le garçon. Mais il ne le vit nulle part.

Ce moins que rien, cet avorton minable s'était joué de lui, un puissant Nergali. Son pouvoir à peine naissant n'était rien en comparaison de celui d'un adorateur de Nergal, et pourtant il avait été le plus fort. Cette fois-ci... Mais Pylus ne se ferait pas prendre une seconde fois. Son erreur avait été de céder à la vanité et de jouer au chat et à la souris avec un adversaire plus puissant qu'il ne l'avait cru, au lieu de le tuer sur-le-champ. Si Nergal permettait qu'il le retrouve, il serait sans pitié. Il l'exécuterait comme une bête à l'abattoir.

Et si l'enfant lui glissait entre les doigts, il se contenterait d'Ashurat – et du fragment du talisman.

23

PARMI LES MORTS

Après son affrontement avec le Nergali, Manaïl n'avait songé qu'à s'enfuir. Une blessure n'arrêterait pas très longtemps un homme de cette trempe, il le sentait. Il était descendu des remparts aussi vite qu'il le pouvait. Mais où se dissimuler alors que, partout autour de lui, des combats faisaient rage ?

Il regardait de tous les côtés, à la recherche d'une cachette, lorsqu'un soldat perse s'élança dans sa direction. Manaïl eut à peine le temps de lever son épée pour esquiver le coup. Sous l'attaque furieuse de son adversaire, il recula jusqu'à ce que ses pieds rencontrent un obstacle. Au même moment, le Perse se rua sur lui. Dans un geste désespéré, Manaïl saisit le poignet de son adversaire, immobilisant ainsi son arme. Le Perse fit de même. Prisonnier d'un corps à corps avec un adversaire beaucoup plus fort que lui, le garçon fut facilement poussé vers l'arrière et tomba à la renverse sur quelque chose de mou. Le Perse s'écrasa par-dessus Manaïl. Il écarquilla les yeux, se raidit, émit un grognement puis devint flasque.

Étonné, Manaïl réussit à repousser suffisamment l'homme inerte pour s'extraire de sous lui. Son sang se glaça dans ses veines. Il était tombé sur une pile de cadavres enchevêtrés de laquelle dépassait la pointe d'une épée qui lui avait effleuré le côté, mais qui avait empalé le Perse en plein cœur.

Paralysé par l'horreur, le garçon était incapable d'arracher ses yeux des dépouilles sanglantes et mutilées. Ennemis dans la vie, Babyloniens et Perses s'entrelaçaient dans la mort, comme pour transmettre aux survivants un message fraternel posthume. La mort... C'était peut-être la solution, faire le mort.

Manaïl ne doutait pas que, du haut des remparts, l'homme terrifiant le cherchait déjà et il savait fort bien qu'un tel guerrier ne se laisserait pas jouer une seconde fois par la même astuce. Il surmonta sa répugnance, saisit un des cadavres par l'épaule et l'écarta. Les intestins de l'homme s'écoulèrent d'une profonde entaille et s'accumulèrent sur les pieds du garçon avec un bruit visqueux. Combattant une nausée qu'il ne pouvait se permettre, il poursuivit sa sinistre besogne, aménageant un petit nid au milieu des morts, dans lequel il se coucha.

Il resta ainsi, immobile, fermant les yeux pour éviter le regard sans vie du soldat qui l'avait attaqué. Il ne fallut que quelques minutes pour que le sang des morts macule sa tunique et lui recouvre le corps. Chose inouïe, il finit par s'endormir d'épuisement dans cette couche obscène.

*

Lorsqu'elle était sortie du temple d'Ishtar, vêtue comme n'importe quelle Babylonienne, Arianath s'était dirigée tout droit vers la bataille dont elle entendait le grondement au loin. Au début, tout avait été facile. Autour du temple, les petites rues étaient désertes. Les vieillards, les femmes et les enfants étaient terrés à l'intérieur de leurs maisons et, selon ce qu'on lui avait rapporté, tous les hommes et les garçons de la cité avaient été forcés de combattre. « Manaïl en faisait partie », songea-t-elle avec angoisse, sa récente vision encore fraîche dans sa mémoire.

À mesure qu'elle approchait de la porte d'Enlil, le vacarme devenait de plus en plus assourdissant. Elle était cruellement consciente qu'elle risquait sa vie, mais le jeu en valait la chandelle. Puis elle était arrivée en vue des combats.

Babylone était balayée par une véritable tornade humaine au milieu de laquelle des milliers d'hommes se déplaçaient sans cesse en une chorégraphie improvisée et mortelle. Le sol était jonché de cadavres et imbibé de sang. Les cris, les hurlements, les gémissements, l'entrechoquement des armes, les coups... Le bruit était si étourdissant qu'elle avait de la difficulté à se concentrer.

La mort ne l'impressionnait guère mais, face à une telle vision d'apocalypse, Arianath désespéra momentanément de pouvoir retrouver l'Élu. L'angoisse lui serra le cœur. Pourtant, elle devait y parvenir. Coûte que coûte. Manaïl était son seul lien avec Ashurat et, comme les Perses étaient maintenant dans Babylone, elle était certaine que le vieux potier n'en avait plus pour longtemps. Le guerrier était peut-être déjà en route vers le fragment du talisman. Il fallait le précéder et, pour ce faire, elle avait besoin de Manaïl. Ashurat était un Mage d'Ishtar ; il ne révélerait l'emplacement du fragment qu'à son apprenti, même si sa vie était en jeu. Sans l'Élu, le fragment serait perdu.

Arianath se tapit dans la sécurité toute relative d'un espace étroit entre deux maisons et tenta en vain de repérer Manaïl au milieu de l'anarchie. Recroquevillée contre le mur, elle serrait contre sa poitrine la seule arme dont elle disposait : un poignard au manche d'ivoire à l'effigie d'Ishtar. L'arme était beaucoup plus décorative qu'offensive et elle espérait de tout cœur ne pas avoir à s'en servir.

Contre ces brutes de soldats, aussi bien perses que babyloniens, elle ne ferait pas long feu. Et elle ne doutait pas qu'en la voyant, plusieurs d'entre eux puissent avoir des idées plus perverses que l'assassinat.

Maintes fois au cours de la journée et de la nuit qui suivit, elle changea de point d'observation, sans plus de succès. Pourtant, l'Élu était là, elle en avait la conviction. Mais où ? Elle avait senti sa présence exactement comme les autres fois. Peut-être était-il déjà trop tard ? Peut-être avait-il perdu la vie pendant qu'elle le cherchait ?

*

La bataille se poursuivit sans relâche toute la journée et toute la nuit. Les combats furent furieux et le sol de la cité ne fut bientôt plus qu'une immonde boue de sang et d'entrailles dans laquelle pataugeaient les soldats qui tenaient encore debout. Les Babyloniens résistèrent avec courage et détermination, non pas pour leur roi, mais pour leur cité, leur demeure et leur famille. Cependant, l'épuisement finit par les gagner et les forces perses, trop nombreuses, les submergèrent. Au matin, ce qui restait de l'armée de l'Empire déposa les armes.

Aussitôt, les Perses occupèrent la ville. Avec une redoutable efficacité, ils rassemblèrent les soldats babyloniens et les conscrits qui avaient survécu, leur lièrent les poignets et les entassèrent sous bonne garde le long de la muraille. Lorsque tous les vaincus furent ainsi regroupés, on les obligea à ramasser les cadavres avant qu'ils ne commencent à se putréfier sous le chaud soleil mésopotamien et que la contagion ne gagne la ville. Réduits à cet esclavage répugnant, les fiers Babyloniens durent transporter les dépouilles à l'extérieur de la muraille pour les lancer sur d'immenses bûchers improvisés où ils se consumaient en dégageant une fumée aussi dense que dégoûtante.

*

Manaïl était allongé sur le dos dans la poussière. Il avait perdu son épée et était sans défense. Tout était fini. Le Nergali était assis sur son torse et le garçon avait du mal à respirer. Le visage déformé par un rictus haineux, les yeux habités par une folie meurtrière que rien ne pouvait arrêter, le terrible guerrier souriait malgré l'oreille qui lui manquait. Manaïl se débattit pour se libérer, mais en fut quitte pour un violent coup de poing qui le laissa étourdi et impuissant.

– Tu me pardonneras si j'emporte quelques preuves de ton existence dans le kan d'Éridou, ricana le Nergali, un sourire sadique sur le visage. Mon maître ne

croira pas que l'Élu est mort si je ne lui en rapporte pas quelques morceaux.

Manaïl voulut se débattre, mais son corps ne lui obéissait plus. Il avait l'impression que toutes ses forces l'avaient abandonné. Impuissant, il regarda le Nergali sur le point de le torturer.

– Je vais d'abord prendre ta main palmée... Ensuite, je te couperai la tête...

Son adversaire lui saisit le poignet gauche et approcha son épée. Puis il se mit à trancher sans jamais cesser de sourire.

*

Lorsque les fossoyeurs improvisés s'approchèrent, hagards, des cadavres au milieu desquels s'était enfoui Manaïl, ils dégagèrent d'abord ceux qui s'étaient empilés sur lui au fil de la bataille. Lorsqu'ils l'atteignirent, ils le saisirent par les poignets et les chevilles. Manaïl s'éveilla en sursaut.

– Non ! Ne coupe pas ma main ! hurla-t-il en se débattant comme un diable, son rêve lui imprégnant encore l'esprit.

*

Arianath avait regardé avec une horreur croissante la bataille qui se déroulait et qui, telle une bête enragée, était devenue de plus en plus féroce, atteignant un apogée meurtrier puis s'étiolant lentement, à bout de souffle et à court de victimes. Au matin, après une nuit sanglante, les hostilités avaient cessé. À bout de force, Babylone était tombée et les Perses en étaient les nouveaux maîtres. « La population ne s'en plaindrait sans doute pas trop », songea-t-elle. On disait que Cyrus II était un fervent adorateur de Mardouk et d'Ishtar. S'il montrait plus d'enthousiasme que Nabonidus pour le culte, il serait accueilli à bras ouverts.

Déjà, les Perses s'étaient mis au nettoyage. De la cour intérieure d'une maison dont les habitants avaient été massacrés devant elle au cours de la nuit, elle avisa un tas de cadavres que d'infortunés prisonniers de guerre étaient en train de démanteler près de la porte d'Enlil. Tout à coup, un des cadavres qu'ils venaient d'empoigner se mit à se débattre et à crier.

Elle sourit. Tout n'était pas perdu.

*

Pris d'une crainte superstitieuse devant ce cadavre couvert de sang qui revenait à la vie, les quatre soldats babyloniens qui l'avaient ramassé le laissèrent tomber et reculèrent, saisis d'effroi.

– Hé ! s'exclama l'officier perse qui supervisait l'opération. Celui-là est encore vivant !

Tout juste sorti de son cauchemar, Manaïl fut empoigné par deux soldats perses, remis sur ses pieds, bousculé et forcé de se joindre aux autres. Pendant le reste de la journée, il transporta des cadavres dont l'odeur de plus en plus nauséabonde était pire que tout ce qu'il aurait pu imaginer.

24

LE POIGNARD D'ISHTAR

Lorsque la ville fut complètement nettoyée de ses morts, on mena les prisonniers vers la grande place, devant le palais royal. Là, en silence, les survivants des quatre-vingt mille habitants de Babylone attendaient déjà, anxieux et incertains du sort que leur réservait l'envahisseur. Seuls étaient absents les quatre ou cinq mille soldats et conscrits qui avaient perdu la vie dans la bataille. Vigilantes, les troupes perses les encadraient, prêtes à réprimer la moindre tentative d'insurrection. Manaïl prit place parmi les prisonniers. On lui avait attaché solidement les poignets, et les liens qui retenaient ses chevilles lui permettaient tout juste de marcher à petits pas.

L'air impérial sur sa monture, coiffé de sa magnifique couronne et vêtu d'une armure soigneusement astiquée par ses esclaves, Cyrus II, l'épée à la main, fit son entrée dans Babylone à la tête de ses troupes. Au son des acclamations enthousiastes de ses hommes, auxquelles se mêlaient celles, plus hésitantes, de la population, il se rendit au palais royal. Il en gravit les marches avec majesté, et des soldats qui l'avaient précédé l'accueillirent en lui présentant Nabonidus. Le souverain de Babylone n'avait pas été maltraité et n'était même pas enchaîné. Avec civilité, le vaincu et le conquérant s'échangèrent les politesses d'usage. Puis Nabonidus fut emmené par les gardes perses.

Cyrus II regarda la foule, écarta les bras et la harangua.

– Habitants de Babylone, vous vous êtes courageusement battus et je reconnais votre valeur, s'exclama-t-il. Aussi ne vous imposerai-je pas l'humiliation d'une vie de servitude ni un tribut. Je vous déclare aujourd'hui et pour toujours, moi, Cyrus II, roi de Perse, de Médie et de Babylone, que vous vivrez en toute liberté sous mon règne ! Vous êtes maintenant des sujets perses ! Soyez-en fiers !

La foule applaudit timidement. Cyrus continua.

– Je vous déclare de surcroît que vos dieux sont les miens. Comme vous, je me prosterne humblement devant le grand Mardouk, protecteur de votre cité, et devant la divine Ishtar. Je leur rends grâce d'avoir permis que j'entre dans votre magnifique cité pour la libérer du souverain impie qui les méprisait !

Cette fois, la foule éclata en cris de triomphe. Cyrus sourit, satisfait. Une fois encore, les choses se déroulaient comme Pylus l'avait prévu.

– Sachez enfin, Babyloniens, que je ferai de votre ville un endroit encore plus beau. J'en restaurerai les temples et les bâtiments et j'en construirai de nouveaux. Je réparerai les remparts qui ont été endommagés durant la bataille. Babylone était une oasis ; elle deviendra un paradis !

Cyrus attendit que les acclamations cessent, puis conclut.

– Votre vaillante armée a été vaincue et n'existe plus. Les soldats faits prisonniers seront emmenés dès aujourd'hui à Parsagadès, capitale du royaume dont vous faites désormais partie, pour y être vendus comme esclaves. C'est là la seule punition que je vous impose.

Dans la foule, des gémissements de femmes et d'enfants accueillirent cette annonce.

Quant à votre sécurité, poursuivit le conquérant, elle sera assurée par mes soldats qui patrouilleront dans les rues jour et nuit. Telle est ma volonté ! Maintenant, allez, nobles Babyloniens, et ne craignez rien. Vous êtes sous la protection de Cyrus II !

Cette fois, la foule resta silencieuse.

*

Perdu parmi les prisonniers, Manaïl avait cessé d'entendre le discours de Cyrus. Il serait emmené en exil et vendu comme esclave... Qu'arriverait-il à Ashurat ? Sans lui, qui protégerait le fragment contre le Nergali ? L'Élu ne pouvait pas disparaître avant même d'avoir entamé sa quête. Il devait s'échapper. Il regarda autour de lui. Partout, des soldats perses faisaient le guet. La luxure du combat et de la victoire ne les avait pas encore quittés. Ils n'attendaient qu'une excuse pour reprendre le carnage. Si Manaïl tentait de s'enfuir, il se prendrait dans ses liens et ils le couperaient en morceaux, il n'en doutait pas. Il était coincé.

Une main se posa délicatement sur son épaule et le fit sursauter. Il se retourna. Derrière lui se tenait une femme, le visage caché par un capuchon.

– Retourne-toi et ne me regarde pas, fit une voix qu'il aurait reconnue entre des milliers. On va nous remarquer.

Arianath ! Elle était vivante ! Il défaillit presque de soulagement. Il se fit violence et obéit, lui qui aurait voulu plus que tout se perdre dans les grands yeux de la vierge d'Ishtar et la serrer dans ses bras.

– Arrange-toi pour me retrouver cette nuit au même endroit que la dernière fois.

– Mais... comment ? Je peux à peine marcher, bredouilla Manaïl sans se retourner.

Pour toute réponse, il sentit qu'on lui glissait un objet dans la main. Il pencha la tête et constata qu'il s'agissait d'un poignard à manche d'ivoire sculpté à l'image d'Ishtar. Il le glissa discrètement dans sa ceinture et le recouvrit avec ce qu'il restait de sa tunique souillée.

Lorsqu'il se retourna, Arianath avait disparu dans la foule.

*

Une fois terminé le discours du nouveau roi, les prisonniers, au nombre de plusieurs milliers, furent ramenés près de la porte d'Enlil. Le lendemain matin, conformément aux ordres de Cyrus II, ils seraient emmenés vers la Perse et, comme le voulait la coutume, ne pourraient revenir que s'ils étaient rachetés à prix d'or par leurs familles. Manaïl manœuvra de son mieux afin de s'asseoir le plus loin possible des gardes et de faciliter son évasion.

Déchiré entre la peur qu'il éprouvait pour Ashurat et son impatience de retrouver Arianath, il attendit la nuit en mangeant la bouillie de millet fade et froide qu'on servit aux prisonniers.

25

LA RUSE DE PYLUS

Cyrus II rentra dans le palais, où ses officiers l'attendaient pour lui faire rapport sur la situation dans la ville. À titre de général en chef, Pylus lui confirma que les forces perses tenaient Babylone bien en main. Le roi de Perse, perspicace, le regarda en relevant un sourcil amusé à la vue du bandage qui lui couvrait l'oreille.

– Tu m'as bien servi, Pylus. Tes renseignements étaient exacts et grâce à toi, Babylone a été conquise sans trop de dommages. Tu t'es battu comme un fauve et le combat a laissé sur toi une marque indélébile. Je suppose que tu désires maintenant recevoir ta récompense. Je t'ai promis un vieil homme et un jeune garçon. Je ne comprends pas pourquoi ils sont si importants pour toi, mais Cyrus II, roi des Perses, des Mèdes et de Babylone, n'a qu'une seule parole. Va et fais ce que tu dois faire.

– Merci, ô mon roi, dit Pylus en s'inclinant.

Il sortit à reculons de la salle du trône où, voilà quelques jours encore, Nabonidus avait régné, et rejoignit ses hommes qui l'attendaient à l'extérieur du palais royal. Il les divisa en groupes de dix et les envoya aux quatre coins de Babylone, avec mission de retrouver un potier nommé Ashurat et son apprenti.

– Vous pouvez torturer et tuer tous ceux que vous voudrez pour apprendre où ils se terrent, les admonesta-t-il sévèrement, mais ne touchez pas au vieillard ni au garçon. Revenez me dire où ils se trouvent et je me chargerai personnellement d'eux. Que notre dieu nous vienne en aide !

– Gloire à Nergal ! s'exclamèrent les soldats avant de s'éloigner.

*

Babylone était grande et densément peuplée, mais rien n'est plus efficace que la violence pure et gratuite pour extirper des renseignements d'une population déjà terrorisée. Et en ce domaine, les hommes de Pylus, dignes adorateurs de Nergal, n'avaient pas leur pareil. Ils passèrent les heures qui suivirent à semer la mort, la peur et la désolation dans les rues de la cité, à la recherche de quelqu'un qui connaissait le potier Ashurat. Aucun des quartiers n'échappa à leur ardeur meurtrière et, à force d'exactions et d'atrocités, ils obtinrent ce qu'ils désiraient.

Le soleil se couchait lorsqu'un des escadrons revint au palais royal avec l'information souhaitée. Les soldats avaient les bras chargés de richesses volées en chemin aux infortunés Babyloniens.

– Nous avons retrouvé le potier, dit fièrement l'officier responsable lorsque Pylus vint à sa rencontre. Sa maison est située tout près de la porte de Sîn. Il y habite seul avec son apprenti.

– Son apprenti..., répéta Pylus, le regard traversé par un éclair de cruauté.

Le moment tant attendu était enfin arrivé. Il frémit d'impatience en se frottant les mains. Bientôt, il allait posséder le premier fragment du talisman de Nergal.

– Suivez-moi, ordonna-t-il à ses hommes.

– Et les autres ? demanda l'officier. Dois-je les rappeler ?

– Non, répondit le Nergali, une moue insouciante sur les lèvres. Laissons-les s'amuser. Ils l'ont bien mérité. Qu'ils pillent et qu'ils tuent si le cœur leur en dit. Ça leur fera du bien.

Pylus se mit à la tête de la dizaine d'hommes et quitta la cour du palais royal. La porte de Sîn n'était pas loin. Il y serait dans moins d'une heure, à la nuit tombée. Amusé, il s'aperçut qu'il menait ses hommes au pas de course.

*

La douleur lancinante d'Ashurat n'avait fait que s'intensifier. Sa blessure était plus grave qu'il ne l'avait cru. Sur sa tête trônait une inquiétante bosse d'où s'écoulait lentement un filet sanguinolent qu'il avait renoncé à éponger. Sa barbe et ses cheveux blancs, imprégnés de sang séché, avaient pris une affreuse teinte bourgogne. Sous l'enflure, il avait senti que son crâne était enfoncé.

Tout cela n'avait plus d'importance. La fin approchait. Il le savait. Le silence presque surnaturel qui régnait à l'extérieur lui indiquait que Babylone était tombée aux mains des Perses. Parmi les envahisseurs se trouvait un Nergali, il n'en doutait pas. Depuis qu'il avait rencontré Noroboam l'Araméen, il savait que ce moment viendrait.

Ashurat ferma les yeux et leva le visage vers le ciel. Il ne fit aucun effort pour retenir les larmes qui descendaient sur ses joues et se mêlaient au sang séché dans sa barbe. Le petit n'était pas revenu. Était-il captif ou mort ? Le Mage d'Ishtar se laissa envahir par un profond découragement. Il avait accepté une mission et avait fait de son mieux pour la mener à bien. Mais il avait échoué. Il avait passé sa vie loin des siens dans ce kan. Il avait vécu dans la solitude, sans femme ni enfants, sans amis, toujours à l'écart des autres. Il avait posé un geste terrible pour assurer la protection du fragment de talisman. Tout cela avait été en vain. Son existence entière n'avait été qu'un immense échec. Maître Naska-ât s'était trompé lorsqu'il lui avait fait confiance. Au bout du compte, il l'avait laissé tomber. Pire encore, il avait trahi la confiance d'Ishtar.

Heureusement, la mort viendrait bientôt le soulager. Titubant, Ashurat alluma une lampe puis se dirigea vers un tabouret qui faisait face à la porte. Il s'y affala, le dos contre le mur. L'ennemi ne tarderait pas, il le savait.

Quelques heures plus tard, vidé de ses forces, le vieillard ne sursauta même pas lorsqu'on enfonça la porte. La silhouette d'un homme gigantesque, une épée à la main, remplit l'ouverture. Même à travers la brume qui envahissait son regard, le potier le reconnut aussitôt.

– Bonsoir, Pylus, dit-il d'une voix faible. J'ignorais lequel d'entre vous... viendrait. Je constate que... c'est toi que Mathupolazzar a... désigné. J'aurais dû m'en douter : il n'y a personne... de plus doué que toi... pour les sales besognes.

– Vil flatteur, répondit Pylus, un sourire cruel sur le visage.

Le Nergali se retourna vers ses hommes.

– Attendez-moi dehors, vous autres, ordonna-t-il.

Il referma la porte et reporta son attention sur le vieillard.

– Tu sais pourquoi je suis ici, fit-il.

– Oui, râla Ashurat avec lassitude.

– Alors, ne perdons pas notre temps. Donne-moi le fragment et je serai magnanime. Ta mort sera rapide et sans souffrance.

Le potier laissa échapper un rire cynique qui se transforma en une toux creuse. Il vrilla son bon œil, étincelant de mépris, dans ceux du Nergali.

– Mais... pour qui... te prends-tu ? bredouilla-t-il, la respiration sifflante. Tu crois vraiment que... je te le donnerais... juste parce que tu... l'exiges ? Tu connais mal les... Mages d'Ishtar, Pylus.

Sans prévenir, le Nergali le gifla du revers de la main. Ashurat tomba de son tabouret et s'écrasa sur le sol, la douleur dans sa tête atteignant de nouveaux sommets. Il se retint de grimacer pour ne pas donner de satisfaction à son assaillant.

– Et toi, tu connais mal les adorateurs de Nergal, vieux fou ! Tu vas me dire où tu caches le fragment et où se trouve ton maudit apprenti, menaça Pylus, les dents serrées, en touchant inconsciemment le bandage souillé qui recouvrait son oreille manquante.

Le Nergali franchit d'un pas la distance qui le séparait d'Ashurat et lui planta son épée dans la main. La lame traversa la chair et s'enfouit dans le sol. Les yeux exorbités, le vieux Mage arqua le dos et, malgré lui, hurla de douleur. Pylus retira la lame d'un coup sec et Ashurat, haletant, blottit sa main blessée contre sa poitrine. Aussitôt, du sang frais imbiba sa tunique, mais il n'en avait cure. Tout à coup, l'espoir renaissait en lui. Tout n'était peut-être pas perdu. « Il cherche Manaïl, réfléchit-il. Le petit est donc encore vivant. »

– De quel apprenti... parles-tu donc ? demanda-t-il en feignant l'innocence.

Pylus empoigna la tunique du vieillard, le releva et le gifla de nouveau, plus fort encore que la première fois. Ashurat retomba sur le sol, son esprit s'obscurcissant sous la force des pulsations qui lui martelaient le crâne. Il luttait pour ne pas perdre connaissance lorsque, sans effort apparent, le Nergali l'empoigna par le devant de la tunique et le remit sur ses pieds. Pylus approcha son visage tout près de celui du vieux potier et le regarda droit dans les yeux.

– Le sale gamin qui joue avec le temps, cracha-t-il. Celui que toi et tes semblables appelez l'Élu. Il m'a filé entre les doigts ! Où est-il ? Cette petite vermine me doit une oreille...

À travers la brume qui lui brouillait la vue, Ashurat nota pour la première fois le bandage qui entourait la tête du Nergali. « Brave petit, songea-t-il. Il est aussi courageux que je le croyais. »

Pylus remonta son genou dans le ventre d'Ashurat puis le lança durement sur le sol. Le souffle coupé, le vieillard était rempli de joie malgré l'atroce douleur. Manaïl était vivant.

– Mon apprenti... a été conscrit. Il est sans doute... mort sur les... remparts, comme tous ces... autres malheureux, haleta-t-il. Mais il n'avait rien... de spécial, je te l'assure.

– Il avait une main *palmée* ! s'écria Pylus.

Ashurat en fut quitte pour un coup de pied dans le ventre qui le fit plier en deux. Le Nergali ouvrit la porte.

– Vous autres ! cria-t-il à ses hommes. Entrez et fouillez la maison ! Si vous trouvez un garçon quelque part, amenez-le-moi !

Les soldats s'exécutèrent, terrifiés. Ils savaient que leur général était impitoyable et l'avaient souvent vu apaiser sa colère par des gestes d'une violence inouïe. Mais jamais encore ils ne l'avaient connu dans un tel état. Ils se mirent à l'ouvrage avec une ardeur stimulée par la crainte et saccagèrent la maison pour ne rien laisser au hasard.

Pylus s'agenouilla auprès d'Ashurat et lui sourit. La respiration du potier n'était plus qu'un mince filet d'air chuintant.

– Maintenant, parlons du fragment du talisman...

– Le fragment ? Il... n'y a vraiment pas... grand-chose à... dire... Ishtar est infiniment plus... puissante que ton... Nergal. Je vous ai volé... le talisman parce que vous étiez si... sûrs de vous-mêmes... et si bêtes... que personne ne songeait... à le surveiller. Tu... perds ton temps. Naska-ât l'a détruit... voilà longtemps déjà.

Le Nergali appuya la pointe de son épée contre le ventre du vieillard.

– Allons, allons... Ne joue pas à ce jeu-là avec moi. Le talisman a été brisé en cinq fragments et chacun des disciples de ce vieil idiot a été chargé d'en protéger un dans un kan différent.

Ashurat ne dit rien. Pylus accrut la pression de la lame contre son ventre.

– Alors ? Que décides-tu ? Tu me dis où est le fragment ou...

– Ou... quoi ? demanda Ashurat.

– Ou j'interroge le petit ?

– J'ignore où il se trouve... Il est plus fin que toi. Il... t'échappera.

Ashurat se sentait vieux et faible. Il n'était pas du tout certain de pouvoir résister longtemps aux tortures du Nergali.

Il prit une décision. Sans crier gare, il empoigna la lame à deux mains et, avant que Pylus ne puisse réagir, se l'enfonça lui-même dans le ventre. Il posa sur le Nergali un regard vitreux.

– Dis à... Mathu... polaz... zar qu'il peut continuer à... chercher jusqu'à la... fin des temps, marmonna-t-il d'un filet de voix. Il n'aura... jamais... le talisman.

La tête du vieillard retomba sur le sol et ses yeux se fermèrent.

– Non ! s'écria le Nergali en frappant le corps inanimé d'Ashurat. Tu n'as pas le droit de mourir tout de suite !

Sur l'entrefaite, les soldats revinrent.

– Nous n'avons rien trouvé, général, annonça l'un d'entre eux.

Pylus inspira profondément et tenta de contrôler sa colère.

– Très bien. Partons d'ici.

Les soldats sortirent aussitôt. Le Nergali demeura derrière quelques instants, évaluant la situation. Lorsque son plan fut formulé, il pinça la mèche de la lampe pour l'éteindre et quitta à son tour la demeure d'Ashurat, laissant le vieillard mort derrière lui. Une fois dehors, il surprit ses hommes en leur ordonnant de retourner au palais royal et resta seul. Tout n'était pas encore perdu.

*

Ashurat s'accrochait de toutes ses forces pour résister à la nuit qui l'envahissait. Pylus était parti. Manaïl allait revenir. Il en était convaincu. Il devait absolument tenir jusqu'à ce qu'il arrive. Il était encore temps de lui confier la bague et le fragment. Ensuite seulement, il pourrait partir vers le royaume d'En-Bas. Il supplia Ishtar de lui donner la force d'endurer la souffrance jusqu'à ce que sa mission soit complétée. Il devait permettre à l'Élu d'accomplir la sienne.

Recroquevillé sur le sol, les mains sur le ventre, il sentait le sang chaud lui couler entre les doigts. La vie suintait de son ventre et la mort s'insinuait dans son crâne. Mais il se sentait serein.

Au bout du compte, son existence n'aurait peut-être pas été vaine.

*

Dans la pénombre, blotti près d'une maison voisine de celle du potier, Pylus attendait. Si le vieux n'avait pas voulu parler, le gamin, lui, le ferait... Et, tôt ou tard, il reviendrait vers son maître. Il suffisait d'être patient.

26

L'ÉVASION

Au moment même où Pylus pénétrait dans la maison d'Ashurat, Manaïl s'apprêtait à tenter le tout pour le tout. Mieux valait mourir en tentant de s'enfuir qu'être esclave. Pour mener à bien la quête qui lui était impartie, il devait avant tout être libre.

Il avait réussi à s'asseoir en périphérie du groupe de prisonniers, là où les autres étaient moins susceptibles de remarquer ses gestes. Bientôt, la plupart de ses compagnons d'infortune s'endormirent, épuisés par la bataille et par l'enlèvement des cadavres auxquels ils avaient dû se livrer. Manaïl sortit discrètement de sous sa tunique le poignard qu'Arianath lui avait glissé, le prit à deux mains et s'attaqua aux liens qui retenaient ses chevilles. Il en avait tranché la moitié lorsqu'une sentinelle en train de faire sa ronde s'approcha. D'un geste vif, il camoufla l'arme sous son postérieur. Mais l'homme l'avait remarqué de loin.

– Toi ! l'interpella le soldat dans un babylonien hésitant. Qu'est-ce que tu as à gigoter comme ça ?

– Euh... Les liens sont serrés et ça me démange. Je me grattais.

– Pfff ! soupira le Perse avec mépris. Tu ferais mieux de t'habituer. Bientôt, ce sont des chaînes que tu porteras. Jusqu'au jour de ta mort.

L'homme s'éloigna en ricanant sans rien ajouter. Manaïl se remit aussitôt au travail. Lorsqu'il eut achevé de trancher les liens autour de ses chevilles, il se concentra sur ceux qui enserraient ses poignets. L'entreprise était plus ardue. Il dut prendre le poignard par le manche, la pointe tournée vers sa poitrine, et scier laborieusement en agitant les poignets. Après ce qui lui parut une éternité, les dernières fibres de la corde de chanvre cédèrent. Il était libre. Il frotta un peu ses poignets et ses chevilles endoloris puis fourra le poignard sous sa tunique.

Manaïl resta un moment assis, comme si de rien n'était, afin de ne pas attirer l'attention. Il allait se lever lorsque la sentinelle revint dans sa direction. Il ferma les yeux et feignit le sommeil, joignant sa voix au concert de ronflements. Les pas s'éloignèrent, firent demi-tour, se rapprochèrent à nouveau de lui puis se fondirent dans la nuit. Le garçon rouvrit les yeux et regarda de chaque côté. Aucune sentinelle à l'horizon. Il se mit prudemment sur ses pieds et tendit l'oreille une dernière fois. Satisfait, il se glissa dans le noir et s'éloigna en douce. Derrière lui, aucun cri d'alarme ne retentit.

Lorsqu'il fut assez loin, il s'arrêta et hésita. Arianath lui avait donné rendez-vous derrière le temple de Gula, comme la dernière fois. L'endroit était à quelques minutes à peine de la porte d'Enlil, mais le temps qu'il prendrait pour s'y rendre l'empêcherait de filer immédiatement chez Ashurat, près de la porte de Sîn. Manaïl était déchiré. Les deux seuls êtres au monde dont la sécurité lui importait avaient besoin de lui en même temps à deux endroits différents de la ville. S'il ne se rendait pas au temple de Gula, peut-être ne reverrait-il jamais Arianath. Mais s'il y allait, il laissait Ashurat sans défense un peu plus longtemps et Ishtar seule savait ce qui lui arriverait pendant ce temps. Il songea au message que la déesse lui avait transmis par l'intermédiaire de Sa vierge. Arianath était son alliée. Ishtar en avait décidé ainsi et, s'il acceptait la mission qu'Elle lui confiait, il devait Lui faire confiance.

Il fonça à toutes jambes vers le temple de Gula.

*

Manaïl louvoya avec prudence dans les rues sombres pendant une dizaine de minutes – dix précieuses minutes qui l'auraient rapproché d'autant d'Ashurat. Les Perses avaient imposé un couvre-feu et les rues de Babylone étaient désertes, à l'exception des nombreuses patrouilles. Manaïl s'arrêta près du temple de Gula, dont la masse était éclairée par la lune, et, blotti dans un coin, prit le temps d'examiner les environs. Il laissa passer des soldats qui discutaient en riant et se rendit en catimini derrière le bâtiment.

Arianath l'attendait. Elle portait la même cape que plus tôt dans la journée, mais avait rabaissé son capuchon. Elle se tordait nerveusement les doigts et, même dans la pénombre, Manaïl put lire une profonde anxiété sur son visage. Elle sursauta lorsqu'il l'appela à mi-voix. Il s'approcha d'elle et lui prit les mains. Elles étaient toutes froides et tremblantes.

– Tu es vivante, murmura-t-il, un immense soulagement transpirant dans sa voix. Je suis si heureux de te revoir...

– Je suis soulagée, moi aussi, dit-elle en se jetant à son cou. J'ai eu peur pour toi.

Ils demeurèrent enlacés quelques secondes, puis Arianath se dégagea de l'étreinte.

– Le temps presse, Manaïl, commença-t-elle. Le guerrier qui te cherche est dans Babylone et...

– Je sais, l'interrompit Manaïl. Il est général dans l'armée perse. Je lui ai échappé de justesse pendant la bataille. Ça lui a coûté une oreille, ajouta-t-il en bombant fièrement le torse.

– Il est sans doute déjà à la recherche du fragment du talisman, reprit Arianath. S'il trouve ton maître avant nous, il sera trop tard.

– Alors, allons-y ! dit Manaïl.

Arianath remonta son capuchon. Le garçon lui prit la main et, ensemble, ils se mirent en chemin. À plusieurs reprises, ils durent s'arrêter et se cacher, le temps qu'une patrouille s'éloigne. Intérieurement, Manaïl rageait, impuissant, devant tout ce temps perdu. Chaque minute qui s'écoulait accroissait le danger que couraient son maître et le fragment.

27

LA MORT D'UN MAGE

Ashurat gisait toujours sur le sol de sa maison, baignant dans son sang. Le visage tuméfié, le corps meurtri, il sentait la vie s'écouler petit à petit de l'endroit où l'épée lui avait percé le ventre. Son existence ne tenait plus qu'à un fil qui s'amincissait de minute en minute, mais il s'accrochait à l'espoir qu'Ishtar ne l'abandonnerait pas. Il devait résister. Il attendait l'enfant.

*

Lorsque Manaïl et Arianath arrivèrent en vue de la maison d'Ashurat, ils se tapirent dans un coin, à bout de souffle. Dans la petite rue peuplée d'artisans, tout était calme. Les maisons étaient dans le noir. Même les animaux domestiques s'étaient tus. Aucune patrouille ne semblait être dans les environs.

– Reste ici, souffla Manaïl à Arianath. Au moindre signe de quelque chose d'anormal, sauve-toi.

– Et t'abandonner ?

– Je m'arrangerai.

Avant que la vierge d'Ishtar ne puisse protester davantage, Manaïl sortit de sa cachette et, en catimini, traversa la rue en direction de la demeure de son maître. Son cœur se serra lorsqu'il aperçut la porte entrebâillée. Il l'ouvrit et entra.

– Maître ? appela-t-il à mi-voix. Vous êtes là, maître ?

Une faible plainte lui répondit.

– Maître ? s'écria-t-il, oubliant toute prudence. C'est vous ? Où êtes-vous ? Que vous est-il arrivé ?

Un nouveau gémissement se fit entendre, à peine audible. Aux abois, Manaïl tâtonna à la recherche de la lampe qui éclairait habituellement la pièce. Il la trouva et, les doigts tremblants, frappa les pierres à feu l'une contre l'autre jusqu'à ce que des étincelles finissent par allumer la mèche imbibée d'huile.

Dans la lumière glauque, il trouva la maison sens dessus dessous. Quelqu'un était venu et en avait fouillé les moindres recoins. Une forme sur le sol attira son attention. Un froid de tombeau lui traversa le corps.

Le vieux potier, le visage tuméfié, les yeux clos, gisait recroquevillé dans un bain de sang.

*

Non loin de là, bien caché entre deux maisons, Pylus vit de la lumière dans la maison d'Ashurat. Il sourit et, en silence, rendit grâce à Nergal de l'avoir si bien inspiré. Il tira son épée encore ensanglantée et attendit. Il fallait encore un peu de patience. Le gamin allait faire le travail à sa place. Ensuite, il s'occuperait de lui. Une fois pour toutes.

Le chemin de la gloire et de la puissance s'ouvrait enfin devant lui.

*

Manaïl s'agenouilla près de son maître. Sans même qu'il en ait conscience, de grosses larmes traçaient des sillons dans la saleté qui s'était accumulée sur son visage au cours de la journée cauchemardesque qu'il venait de vivre. Il souleva délicatement la tête du vieillard et écarta avec tendresse les cheveux maculés de sang qui cachaient son visage.

– Maître ? répéta-t-il d'une voix tremblante. Répondez-moi, je vous en prie. Maître...

Les paupières d'Ashurat frémirent et, avec un effort évident, il ouvrit les yeux. Son œil valide se posa sur le visage de son apprenti et un faible sourire se dessina sur son visage ravagé par l'agonie. De peine et de misère, il posa la main sur le bras de son disciple.

– Tu es vivant..., dit le Mage d'Ishtar d'une voix presque inaudible, mais empreinte d'une infinie reconnaissance.

Un flot de sang noir gicla de sa bouche tel un vomissement et éclaboussa le bras de Manaïl.

– Maître... je vous en supplie, ne mourez pas..., sanglota le garçon désemparé.

D'un geste désespéré, le vieux potier agrippa Manaïl par la nuque et lui colla l'oreille contre sa bouche.

– La bague... Prends... la bague, petit, haleta le Mage d'une voix rendue glaireuse par le sang. Elle est à toi... maintenant. Ishtar t'a confié... une mission. Accomplis-la. Fuis avec... le fragment. Tout de suite. Protège... ceux... des autres kan avant que... les Nergalii ne les... retrouvent. Rappelle-toi... Tu es l'Élu... Ishtar... te... guidera.

– Mais où est le fragment, maître ? demanda Manaïl, en proie à la panique. Vous ne me l'avez jamais dit.

Dans un ultime effort, Ashurat sourit. Il porta une main tremblante à son visage. Son majeur toucha son œil de bois. Puis son corps fut secoué par un ultime soubresaut et il retomba sur le sol.

– Maître ! Maître ! Restez avec moi ! supplia Manaïl en secouant le cadavre du potier par les épaules. Vous devez m'aider ! Maître ! Où est le fragment ? Maître !

Mais Ashurat n'était plus. Figé à jamais dans la mort, un faible sourire de soulagement flottait toujours sur son visage.

Une peine à nulle autre pareille explosa dans la poitrine de Manaïl. Des sanglots déchirants s'échappèrent de sa gorge. En pleurant à chaudes larmes, il serra contre son cœur le corps de cet homme si bon qu'il avait à peine eu le temps de connaître, mais qui avait changé sa vie.

28

OUTRAGE À UN CADAVRE

Pendant de longues minutes, Manaïl pleura, insensible au danger, imperméable au temps qui pressait, indifférent même au sort d'Arianath qui l'attendait à l'extérieur. Ashurat n'était plus. Il était à nouveau seul.

Ses larmes finirent toutefois par se tarir. Avec une délicatesse infinie, il déposa le corps du vieillard sur le sol et lui caressa une dernière fois le front. Puis il lui ferma les yeux avec respect. Il prit la main droite d'Ashurat, affreusement mutilée, et retira la bague de son majeur. Avec émotion, il la passa à son doigt, anticipant une quelconque sensation de puissance. Mais rien ne se produisit.

L'esprit de Manaïl vagabonda, à la recherche des réponses dont il avait désespérément besoin. Les dernières paroles de son maître déchirèrent le voile de sa douleur et résonnèrent en lui, comme si, d'outre-tombe, il essayait de le tirer de sa torpeur.

Fuis avec le fragment. « Mais comment ? » hurla-t-il intérieurement. Il n'avait pas la moindre piste. Il se remémora sa visite au temple du Temps avec Ashurat. La bague y donnait accès et elle permettait aussi d'ouvrir les portes du temps, mais sans le fragment, à quoi servirait-elle ? Désespéré, il caressa la bague dans le fol espoir qu'elle lui en révèle l'emplacement. Le bijou demeura muet.

Manaïl ne put s'empêcher de maudire la tradition des Mages d'Ishtar. Malgré toute leur sagesse, ils n'avaient jamais envisagé qu'on puisse mourir bêtement dans un kan sans avoir transmis ses secrets à son apprenti ! Toutes les belles paraboles d'Ashurat ne lui servaient à rien !

Tout à coup, il se raidit. Des paraboles... Que lui avait dit Ashurat, exactement, lorsqu'ils s'apprêtaient à quitter le temple ? *Le fragment ? Je l'ai toujours en tête, mon petit.* Manaïl frémit. Par Ishtar... Une telle horreur était-elle possible ? Non... Le garçon ne pouvait se résoudre à accepter une pareille chose. Et pourtant... Le dernier geste qu'avait fait Ashurat...

Consterné, Manaïl chercha le poignard sous sa tunique. Il n'avait rien à perdre et s'il avait encore une chance de retrouver le fragment... Surmontant la répulsion qu'il ressentait à l'idée du geste qu'il s'apprêtait à faire, il rouvrit la paupière parsemée de cicatrices de son maître et approcha la lame de l'œil de bois. Sa main tremblait tant qu'il ne parvenait pas à la contrôler. Il ferma les yeux et inspira profondément.

– Pardonnez-moi, maître, murmura-t-il.

Il rouvrit les yeux et enfonça la lame entre l'œil de bois et la chair. Utilisant l'arme comme un levier, il dégagea la prothèse, qui sortit sans résister, tomba sur le sol et roula un instant pour s'arrêter un peu plus loin. Répugné au-delà des mots, il observa un moment l'orbite vide, incapable de se résoudre à continuer. Il se fit violence et enfonça un doigt tremblant dans l'immonde cavité. Un petit objet, au fond, émit un bruit sinistre en raclant contre l'os. Manaïl passa son doigt en dessous et le sortit.

Stupéfié, il examina l'objet. Il s'agissait d'un petit triangle d'environ un doigt[1] de long, fait d'un métal noir qui ne ressemblait à rien qu'il eût vu auparavant. Le fragment ? Était-il possible que les Nergalii soient prêts à torturer et à tuer pour cette petite chose en apparence insignifiante ?

Prenant conscience du geste terrible qu'Ashurat avait commis pour accomplir sa mission, Manaïl sentit de nouveaux sanglots lui monter dans la gorge. Son maître... Son pauvre maître s'était volontairement arraché un œil pour y cacher cet objet maudit.

1. Un doigt vaut 1,5 centimètre environ.

Il avait consenti à ce terrible sacrifice pour que lui, Manaïl, l'Élu d'Ishtar, puisse un jour s'occuper de cette chose ignoble. L'amour et le respect qu'il ressentit pour le vieil homme prirent des dimensions jusqu'alors insoupçonnées. Et dire qu'il avait eu l'arrogance de douter de lui...

– J'étais convaincu que tu finirais par le trouver, dit une voix derrière le garçon.

Manaïl sursauta et se retourna en refermant la main gauche sur le fragment. Aussitôt, une sensation désagréable lui parcourut le corps et il eut l'impression d'avoir été vidé de ses forces. Dans la porte se tenait le Nergali, la tête enrubannée d'un pansement souillé qui lui couvrait l'oreille. L'homme s'avança, l'air menaçant.

– Donne-moi le fragment, ordonna-t-il en tendant la main.

Instinctivement, Manaïl se releva, mit la main qui tenait le fragment derrière son dos et tendit le poignard devant lui pour se protéger. Avec une vitesse et une habileté fulgurantes, le Nergali frappa l'arme de son épée et la fit voler de l'autre côté de la pièce, dans l'embrasure de la porte. Vif comme l'éclair, il s'élança d'un même mouvement vers Manaïl, lui saisit le poignet gauche avec une force inouïe, lui tordit douloureusement le bras et le coucha au sol, face contre terre. Le garçon hurla de douleur. Il avait l'impression que son épaule allait se disloquer. De la terre lui remplit la bouche.

Le Nergali lui empoigna les doigts et les lui ouvrit. Il prit le fragment, puis se releva. Découragé d'avoir ainsi perdu l'objet pour lequel Ashurat avait donné sa vie, Manaïl s'assit, les yeux exorbités, cherchant en vain une manière de venir à bout de cet homme.

– Enfin..., murmura le Nergali en caressant le petit triangle de métal avec ses doigts, les yeux brillants d'envie.

Il ouvrit une pochette qu'il portait à sa ceinture de cuir, y déposa le fragment et la referma. Puis il releva vers Manaïl un regard assassin. Il s'était juré de ne pas retomber dans le piège de l'arrogance. Il appliqua un violent coup de pied dans le ventre du garçon, qui en perdit le souffle et se plia en deux. Pylus l'immobilisa aussitôt en lui appuyant un pied sur le dos, prit son épée à deux mains et la leva dans les airs, au-dessus de la nuque de sa victime.

– Le fragment du talisman et la tête de l'Élu, dit Pylus autant pour lui-même que pour Manaïl. C'est ce que j'ai promis de rapporter à Mathupolazzar. Mais il devra se contenter de la tête...

Incapable de respirer, le poids du Nergali le clouant contre le sol, Manaïl essaya de lui agripper la cheville pour lui faire perdre l'équilibre. Il aurait aussi bien pu tenter de déraciner un arbre, tellement il était faible, et l'homme solide. Il vit le Nergali prendre un élan arrière et ferma les yeux, attendant la mort qui ne saurait tarder.

29

TRAHISON

Les yeux clos, le visage crispé, Manaïl eut le temps de voir défiler en pensée le visage rieur de son maître, ceux de ses parents et de sa sœur, celui d'Arianath aussi. Il entendit dans sa tête le sifflement que la lame du Nergali produirait en fendant l'air et imagina ce qu'il ressentirait lorsqu'elle trancherait sa chair et broierait les os de son cou.

Les seuls sons qui lui parvinrent furent un gargouillement liquide suivi d'une exclamation de surprise. Perplexe, il rouvrit les yeux. Le Nergali se tenait toujours debout au-dessus de lui, l'épée brandie à deux mains dans les airs, prête à frapper. Mais son visage était abaissé vers sa poitrine. La bouche ouverte, l'air ahuri, il regardait une pointe de métal qui saillait de son cœur. Il vacilla pendant quelques secondes, puis s'effondra lourdement sur le ventre. De son dos dépassait une poignée d'ivoire ornée d'une délicate sculpture représentant Ishtar.

Debout devant Manaïl se tenait Arianath, immobile et silencieuse, le regard dur. Le souffle court, le garçon se releva.

– Tu es arrivée juste à temps, dit-il d'une voix tremblante.

– Je l'ai vu te suivre dans la maison, répondit Arianath. Je ne savais pas quoi faire. Je me suis approchée et j'ai vu le poignard près de la porte. Je l'ai ramassé, j'ai fermé les yeux et j'ai frappé le plus fort que je pouvais. Tu crois qu'il est... ?

Manaïl jeta un coup d'œil au regard fixe du Nergali et le poussa prudemment du bout du pied.

– Mort..., compléta-t-il.

Avec son pied, il envoya l'épée vers Arianath, s'accroupit, saisit ensuite le cadavre par l'épaule et le retourna sur le dos. Évitant de poser le regard sur la pointe sanglante du couteau qui émergeait du torse du Nergali, il fouilla dans la pochette attachée à sa ceinture. Il poussa un soupir de soulagement et en retira le fragment sur lequel il referma la main. Aussitôt, la curieuse sensation de faiblesse le reprit.

Il allait se relever lorsque quelque chose de dur et de froid s'appuya contre sa gorge. Il se figea sur place, incrédule.

– Donne-le-moi, ordonna Arianath d'un ton dur et sans pitié qui n'avait rien de commun avec la douce voix qui avait séduit Manaïl.

– Mais... Qu'est-ce qui te prend ? bredouilla-t-il sans oser bouger.

– Donne-moi le fragment, répéta Arianath.

Sidéré, Manaïl tendit le bras par-dessus son épaule et sentit qu'on prenait le fragment dans sa main.

– Merci mille fois, dit Arianath. Maintenant, retourne-toi lentement et reste bien assis par terre.

Manaïl obéit et s'assit près du cadavre d'Ashurat. Debout devant lui, Arianath tenait en main l'épée du Nergali, qu'elle avait ramassée pendant qu'il cherchait le fragment, et la pointait sur son cœur.

– Je ne comprends pas, gémit le garçon, au bord des larmes. Ishtar t'a envoyée vers moi...

Arianath éclata de rire. Les jolies taches ensoleillées de ses yeux semblaient briller d'une lumière malfaisante.

– Ishtar ? Pauvre sot ! Son règne s'achève ! s'écria la jeune fille, le visage animé d'une ferveur maniaque.

– Mais tu m'as aidé... Tu es mon alliée...

– Les Nergalii n'ont pas d'alliés ! Ils ne servent que Nergal !

Manaïl sentit son cœur se briser.

– Une Nergali ? s'écria-t-il, refusant encore de croire ce qu'il entendait. Non... Pas toi... C'est impossible...

– Bien sûr que si, rétorqua Arianath avec arrogance. Mais je suis une Nergali astucieuse. Pas comme cette brute de Pylus, cracha-t-elle en désignant le corps du Perse.

– Mais... Comment ? Pourquoi ? demanda le garçon.

– Pourquoi ? Ha ! Mais pour être la première à rapporter un fragment du talisman à Éridou ! répliqua Arianath d'un ton de plus en plus frénétique. Pour devenir la favorite de Mathupolazzar et avoir une place de choix dans le Nouvel Ordre. Pour la gloire ! Pour le pouvoir ! En ce qui concerne le comment, c'est un peu plus compliqué. Mais j'imagine que je te dois bien une explication.

Ne sachant quoi répondre, Manaïl haussa les épaules. Arianath interpréta son geste comme un acquiescement et se lança dans un récit qui semblait lui brûler les lèvres.

– Tu vois, Noroboam n'était pas le seul Nergali dans ce kan. Bien sûr, il y était depuis plus longtemps que moi. Lorsque je t'ai aperçu durant la procession du mois de Nisan et que j'ai vu ta main palmée, j'ai pensé à la prophétie. Je suis retournée dans mon kan, à Éridou, et j'ai appris ce qui t'était arrivé avec Noroboam. J'ai alors compris que je tenais un filon. Évidemment, cet ours de Pylus s'est porté volontaire pour te trouver et rapporter ta tête ainsi que le fragment à notre maître Mathupolazzar. Mais, contrairement à moi, il ne t'avait jamais vu. Je suis revenue à Babylone en même temps qu'il arrivait à Parsagadès et je me suis arrangée pour manipuler un peu la situation. Ça n'a pas été très difficile. Pylus se croyait très malin, mais il n'était qu'un rustre pour qui la violence vient à bout de tout. Sous un nom de code, je lui ai envoyé des renseignements sur l'état des défenses de la cité en sachant très bien qu'il inciterait Cyrus à l'envahir. L'abruti m'a même répondu ! Entre-temps, par chance, je t'ai aperçu près du temple. Le reste a été tout seul. J'ai joué à l'ingénue et j'ai gagné ta confiance en te racontant ces histoires de visions. Comme si Ishtar allait me parler, à moi ! Et toi, tu as tout gobé comme du miel frais ! Il faut dire que tu me trouvais bien jolie, non ? Allez... Admets-le...

Honteux, Manaïl regarda par terre, incapable de soutenir le regard de la traîtresse.

– Je savais que, tôt ou tard, tu me mènerais vers le fragment, poursuivit Arianath. Sinon, Pylus le ferait à ta place. Je ne pouvais pas perdre. Il suffisait d'être aux aguets. J'ai eu un peu peur lorsque Pylus est entré dans la ville et que j'ai compris qu'il cherchait à te tuer, mais heureusement, tu t'en es bien tiré. Pour une mauviette, tu m'as étonnée, je dois l'admettre. Lorsque tu as été capturé, je me suis arrangée pour t'aider à t'échapper. J'espérais que nous arriverions ici avant Pylus et que je n'aurais qu'à m'emparer du fragment. J'aurais tant aimé achever moi-même ce chien d'Ashurat qui nous a causé tous ces problèmes. Le reste de l'histoire, tu le connais. Maintenant, je possède le fragment et toi, tu n'es plus rien, Élu d'Ishtar.

Incrédule, Manaïl fixait le magnifique visage déformé par la cruauté. Il reconnaissait à peine celle qui avait fait naître en lui un sentiment si agréable depuis quelques mois. L'affection qu'il avait éprouvée s'était instantanément transformée en un complexe mélange de pitié, de mépris et de haine. Il sentit monter en lui une rage qui, tel un volcan, menaçait d'exploser. Il avait été trahi. Roulé comme le dernier des imbéciles.

– Et je suppose que tu veux ma tête, toi aussi ? demanda-t-il d'un ton hargneux.

– Bien sûr, répondit Arianath avec amusement.

Sans réfléchir, Manaïl avisa l'œil de bois d'Ashurat qui gisait non loin de là. Il l'empoigna et le lança vers Arianath. Au moins, il lui ferait mal avant de mourir.

Le bras vengeur d'Ishtar guida le projectile qui, ironiquement, atteignit la fausse vierge en plein dans l'œil. Arianath hurla, laissa tomber l'épée et s'écroula au sol en se tordant de douleur. Manaïl profita de l'occasion pour bondir sur ses pieds et saisir l'arme. Bouillant de rage, il empoigna les cheveux d'Arianath, la remit sans ménagement sur ses genoux et la força à se retourner vers lui. Le visage de rêve était déformé par un rictus de haine et de douleur. Un des grands yeux sombres était fixé sur lui. L'autre était fermé. Entre les paupières closes s'écoulait une substance blanchâtre et visqueuse.

La colère de Manaïl exigeait une rétribution. Pour la mort d'Ashurat. Pour la trahison d'Arianath. Pour le tourbillon de violence dans lequel il s'était retrouvé prisonnier. Il leva l'épée dans les airs, les muscles de son bras et de son épaule bandés.

– J'ai été tellement bête, lâcha-t-il, méprisant. *Tellement* bête...

Il amorça le coup fatal puis arrêta son geste. Il abaissa lentement son arme et libéra la chevelure de la Nergali. Tout le corps d'Arianath se détendit et exprima son profond soulagement. D'un geste rempli de dédain, Manaïl la poussa sur le sol, où elle demeura recroquevillée et tremblante. Il ramassa le fragment qu'elle avait laissé tomber.

– J'ai déjà assez tué, jeta-t-il, dégoûté. Je te laisse la vie. Retourne à Éridou et dis à ton maître que désormais, il trouvera l'Élu d'Ishtar sur son chemin.

Il jeta l'épée par terre, déchira une bande de sa tunique souillée, y déposa le fragment puis attacha le tout à son poignet pour éviter que l'étrange sensation qu'il avait éprouvée chaque fois qu'il avait fermé la main gauche sur l'objet ne se reproduise. Il jeta un dernier regard sur Arianath et lui cracha dessus avec mépris sans qu'elle réagisse.

Il se pencha et souleva avec délicatesse le corps d'Ashurat. Du bout des doigts, il prit la lampe allumée et, sans se retourner, sortit de la maison.

De l'intérieur retentirent de déchirants pleurs de désespoir qui n'arrivèrent pas à percer la glace qui avait recouvert son cœur. Il se concentra sur les tâches à accomplir. Il n'avait pas encore vaincu. Loin de là.

30

AU HASARD DU TEMPS

Dans la cour intérieure, Manaïl était indécis. Il ignorait où se trouvait l'accès au temple. La seule fois qu'il y était entré, ses yeux étaient bandés et il n'avait pas vu son maître ouvrir la porte. « Encore une chose qu'il ne m'a pas apprise à temps », songea-t-il, dépité. Mais en même temps, il se sentait investi d'une puissance qui le dépassait amplement. Jamais il n'avait eu les idées si claires. Jamais il ne s'était senti si sûr de lui. Il avait la conviction que seule la protection d'Ishtar avait permis qu'il échappât si souvent à la mort au cours des derniers jours. La déesse le guidait, il le sentait.

Manaïl déposa avec respect le corps de son maître sur le sol, puis se redressa. Comme Ashurat l'avait fait alors que la vie était encore simple, il passa la pierre qui ornait la bague dans la flamme de la lampe. Après quelques secondes, le pentagramme y apparut, si brillant qu'il illuminait toute la cour intérieure. Essayant de se rappeler la direction vers laquelle il avait marché en compagnie de son maître et le nombre de pas qu'il avait faits avant d'entendre la porte ouvrir, il ferma le poing et tendit la bague lorsqu'il crut y être arrivé.

Devant lui, massive, mais toute simple, une porte en bois sans la moindre serrure se matérialisa. Manaïl fit un pas vers l'avant et la poussa. Elle s'ouvrit sans difficulté et il reconnut le grincement des ferrures lorsqu'elle pivota.

Il éteignit la lampe et la déposa par terre. Il n'en aurait plus besoin. Il souleva à nouveau la dépouille d'Ashurat, se releva et franchit le seuil de la porte du temps. Il se retourna et jeta un dernier regard sur Babylone, sachant qu'il ne la reverrait jamais. Comme son maître avant lui, il allait s'exiler volontairement dans le temps. Puis la porte disparut.

Il était dans un court corridor de pierre et reconnut le froid humide qu'il avait ressenti lors de sa visite précédente. Sur les murs, des torches enflammées à intervalles réguliers donnaient une lumière suffisante pour lui permettre d'avancer sans hésitation. À l'extrémité se trouvait une porte close. Il la poussa avec son épaule et elle s'ouvrit. Son défunt maître dans les bras, il entra et la porte se referma derrière lui.

Il était dans le temple du Temps. Sans hésiter, il se dirigea vers le petit autel, au centre de la pièce ronde, et y allongea avec respect la dépouille d'Ashurat. Il joignit les mains déjà froides sur la poitrine du mort, lui écarta les cheveux du visage et ferma une nouvelle fois la paupière sur l'orbite désormais vide qui avait abrité le fragment maudit pendant un demi-siècle. Il se recueillit un instant et adressa une prière à Ishtar pour qu'elle conduise en toute sécurité son vénéré maître dans le royaume d'En-Bas.

– Adieu, maître, murmura-t-il lorsqu'il eut terminé. Et merci. J'essaierai de vous faire honneur...

Il essuya une larme du revers de la main. Le temps des pleurs était passé. Il avait une mission à accomplir.

Il se redressa et examina le temple avec le regard neuf de l'homme qu'il était devenu en quelques jours. Les six portes y étaient toujours. Parmi les cinq qu'il n'avait pas encore utilisées, laquelle devait-il prendre ? Devait-il choisir au hasard ?

– Tu dois rechercher les fragments un à un en franchissant les portes utilisées jadis par mes Mages.

Manaïl ressentit un calme profond au son de cette voix qu'il connaissait bien. Il se retourna. Dans toute sa splendeur, Ishtar se tenait devant lui et lui souriait. Il s'agenouilla.

– Relève-toi, Élu. C'est plutôt moi qui te dois le respect. Tu as bien fait. Très bien, même. Le premier fragment est maintenant entre tes mains. Mais il n'est pas encore en sécurité.

– Que dois-je faire d'autre ? demanda le garçon, étonné.

– Souffrir, répondit la déesse, énigmatique.

Manaïl la dévisagea.

– N'ai-je pas déjà assez souffert ? gémit-il.

– Ta souffrance ne fait que commencer, rétorqua la déesse en secouant la tête, l'air désolé. Donne-moi le fragment, je te prie, ajouta-t-Elle en tendant la main.

Manaïl dénoua la bande de tissu de son poignet et en sortit le petit triangle de métal noir. Aussitôt, la sensation d'extrême fatigue et de vide infini l'assaillit. Il s'empressa de le donner à la déesse. Ishtar fit un geste gracieux de la main et le fragment du talisman se mit à flotter dans les airs entre Elle et son Élu.

– Retire ta tunique, ordonna-t-Elle.

Manaïl fut bientôt torse nu devant la déesse, l'horrible cicatrice que lui avait faite Noroboam l'Araméen bien en vue. Le fragment se mit à tournoyer de plus en plus vite sur lui-même et prit la teinte rouge orangé du métal chauffé dans la braise.

– Rien n'arrive par hasard, Manaïl, déclara la

déesse en avisant l'affreux pentagramme sur la poitrine du garçon. Rappelle-toi que tout a un sens.

Elle fit un petit geste de l'index et le fragment s'arrêta net. Sans avertissement, il s'enfonça dans la cicatrice de l'Élu. Manaïl rugit de douleur et s'écroula sur le sol de marbre blanc. À quatre pattes, la tête pendante, il lutta de toutes ses forces contre l'évanouissement et contre les larmes de douleur qui cherchaient à enfoncer le barrage de ses paupières. Puis la souffrance cessa aussi vite qu'elle était venue.

– Tu peux te relever maintenant, dit Ishtar.

Manaïl obéit et examina sa poitrine. Le pentagramme était toujours là, ses contours tracés par des cicatrices épaisses d'un rouge malfaisant. Mais une des pointes de l'étoile inversée était maintenant surélevée. Il tâta du bout des doigts et sentit quelque chose de dur en dessous.

– Que m'avez-vous fait ? demanda-t-il, les lèvres tremblantes.

– Un seul talisman est plus puissant que celui de Nergal, répondit la déesse. Tu es ce talisman. En toi, et en toi seulement les fragments seront en sécurité.

– Je ne comprends pas...

– Grâce à l'Araméen, une partie de la prophétie des Anciens est accomplie. La marque des ténèbres que tu portes maintenant neutralise le pouvoir des fragments. Déjà, tu combats le mal par le mal.

La déesse s'interrompit et fit le tour du temple des yeux.

– Tu dois partir, dit-Elle. Le temps presse. Les Nergalii n'abandonneront pas la partie aussi facilement.

Hésitant, Manaïl regarda les six portes autour de lui.

– Laquelle dois-je choisir ? J'ignore quelle porte a été ouverte après celle de Babylone.

– Aie confiance dans le pouvoir des Anciens, déclara Ishtar. La bague t'indiquera ton chemin.

– Vous reverrai-je jamais, Étoile du matin ?

– Peut-être, répondit la déesse. Mon temps est presque révolu. Bientôt, les hommes m'auront oubliée. Le kan vers lequel tu t'en vas n'est pas le mien. Mais j'aurai d'autres incarnations. Ne crains rien, Élu. Je ne t'abandonnerai jamais. Maintenant, va ! Ton destin t'attend.

Sur ces mots, Ishtar disparut, laissant Manaïl seul dans le temple avec le corps de son maître, qui y reposerait pour toujours.

Il examina les portes. Elles étaient toutes identiques. La bague t'indiquera ton chemin, avait dit la déesse. Manaïl se dirigea vers une des torches qui éclairaient le lieu sacré et passa la pierre du bijou dans les flammes. Le pentacle se mit à briller d'une lumière surnaturelle. Au même moment, toutes les torches s'éteignirent.

L'Élu – car c'était ce qu'il était – sursauta, mais se calma lorsqu'il constata que la bague illuminait le temple. Il retourna au centre et, instinctivement, ferma le poing et pointa la bague en direction de la porte qu'il venait de traverser. Un pentacle bénéfique, la pointe au sommet, apparut, scintillant d'une lumière bleutée. Dans un éclair de révélation, Manaïl comprit le sens des portes.  Il pointa la bague vers la porte suivante. Manaïl reconnut aussitôt le symbole qui y vrillait : le pentacle inversé dont Ashurat lui avait enseigné la signification. Cette porte menait à Éridou, dans le kan où sévissaient les Nergalii. Ce n'était pas celle qu'il devait prendre.  Il répéta l'exercice sur la porte suivante. Deux triangles équilatéraux superposés, l'un pointant vers le bas et l'autre, vers le haut, scintillèrent de la même lumière bleutée.  La porte suivante lui révéla un symbole semblable, mais composé de ce qui paraissait être deux pointes de flèches.  L'autre était ornée d'un étrange motif dont on avait retiré les bases des triangles et qui formait une équerre et un compas.  Perplexe, Manaïl pointa la bague vers la dernière des six portes. Le symbole qui s'y trouvait, représentant deux triangles équilatéraux entrelacés , s'embrasa d'une aveuglante lumière rouge.

Manaïl hocha la tête. Son destin, unique et terrible à la fois, l'appelait. D'un pas décidé, il se dirigea vers cette porte, l'ouvrit, et pénétra dans un kan qui n'était pas le sien.

À suivre.

LE TALISMAN DE NERGAL

Extrait du tome 2

Au pied d'une imposante muraille de maçonnerie, des flammes éclairaient la nuit. Leur danse donnait une apparence surnaturelle aux énormes blocs de pierre qui composaient l'ouvrage et à la haute porte de bois fortifiée. Assis autour de feux de camp, des hommes, des femmes et des enfants vêtus de haillons avaient l'air hagard. Plusieurs dormaient. D'autres discutaient pour tuer le temps, trop épuisés pour trouver le sommeil.

– Tu crois qu'on va jamais finir par entrer ? demanda avec un soupir de lassitude un homme âgé à son voisin plus jeune. Ça fait deux jours qu'on attend comme ça.

La pèlerine de l'homme qui venait de poser la question, serrée à la taille par une ceinture, était tachée et trouée. Sa barbe et ses cheveux longs et emmêlés dépassaient du capuchon qu'il avait rabattu sur sa tête pour se préserver de la fraîcheur de la nuit. La lumière vacillante des flammes ne parvenait pas à cacher la crasse qui lui couvrait le visage et les cernes de fatigue qui soulignaient ses yeux. Ses vieilles chausses de cuir étaient percées et sa culotte était usée jusqu'à la corde. Il avait posé par terre le bâton sur lequel il s'était appuyé durant sa longue marche vers la Terre sainte. Dans le creux de ses jambes croisées se trouvait la besace de cuir où il conservait un peu de nourriture et les maigres biens qu'il transportait avec lui, dont la pièce d'or avec laquelle il devrait payer son entrée dans Jérusalem. Le regard perdu dans le feu crépitant, il faisait distraitement tourner dans ses mains le chapeau de feutre à larges rebords qui complétait le costume de tous les pèlerins.

– Je l'espère bien, répondit l'autre avec un rire cynique. Après des mois de marche, la menace des brigands qui veulent nous détrousser, la faim, la soif, les bêtes sauvages, les sentiers escarpés, les ampoules aux pieds, la chaleur, les moines qui nous hébergent et qui nous nourrissent avec une bouillie qu'ils ne donneraient même pas à leurs cochons, les Sarrasins[1] qui nous haïssent et qui ne demandent pas mieux que de nous trancher la gorge, ce serait quand même trop cruel de rester aux portes de la ville sainte.

1. Nom donné par les chrétiens aux musulmans.

– Tu as fait le pèlerinage de Jérusalem pour quelle raison, toi ? interrogea le vieil homme.

– Pour la même que les autres, j'imagine, rétorqua le plus jeune en désignant de la tête les gens accroupis autour d'autres feux. J'espère obtenir le pardon de mes péchés et sauver mon âme.

– Qu'as-tu fait, au juste ?

Le pèlerin soupira.

– J'ai eu la mauvaise idée de prêter de l'argent avec intérêts, avoua-t-il. C'est interdit par l'Église, mais il y a tellement de prêteurs que je ne croyais jamais me faire prendre. Lorsque mon crime a été connu, on m'a donné le choix entre l'écartèlement sur la place publique par quatre chevaux bien fringants ou une amende honorable sur le tombeau de Notre-Seigneur Jésus-Christ. La décision a été facile ! Au moins, en prenant la croix du pèlerin, je savais que mes biens seraient protégés par l'Église et que ma famille serait en sécurité. Et toi ?

– Moi ? Ma fille est très malade. Le haut mal[1], selon le médecin. Le barbier l'a saignée jusqu'à ce qu'elle soit presque exsangue. L'apothicaire lui a fait avaler des potions de toutes sortes, toutes plus écœurantes les unes que les autres. Le prêtre l'a exorcisée pour chasser le démon. La sage-femme lui

1. L'épilepsie.

a donné des herbes et a dit des prières les soirs de pleine lune. Le chirurgien lui a même fait une trépanation[1], sans résultat. Je fais le pèlerinage pour obtenir sa guérison. Sinon, les remèdes vont tuer la pauvresse avant la maladie.

– Tu crois que tu seras exaucé ?

– Je l'espère de tout mon cœur, soupira le père éploré en haussant les épaules. Le curé dit qu'il faut prier pour un miracle et avoir la foi. Mais je ne croyais pas que ce serait si difficile. Et puis, après six longs mois, qui sait ? Elle est peut-être déjà morte.

Un homme passa lentement derrière eux.

– Frère sergent Bérenger, interpella le pèlerin le plus âgé. Quand croyez-vous que nous entrerons à Jérusalem ?

L'individu avait un air vaguement menaçant. Une barbe touffue lui descendait sur la poitrine et la coiffe de métal qu'il avait rabattue sur sa nuque révélait un crâne rasé. Il portait une lourde cotte de mailles qui lui enveloppait le torse, les bras et les jambes et, par-dessus, un long manteau noir sur lequel était cousue une grande croix rouge. Une ceinture de cuir soutenait une épée droite à deux tranchants dont sa main ne quittait presque jamais

1. Une ouverture dans le crâne.

le pommeau, et une dague portée sur le côté droit. Il s'arrêta.

– Ne désespère pas, pèlerin, répondit-il en fixant sur l'interlocuteur un regard fier et perçant. Par la grâce de Dieu et avec la protection de l'ordre des Pauvres Chevaliers du Christ et du Temple de Salomon, vous êtes parvenus sains et saufs à Jérusalem. Demain, la porte Saint-Étienne s'ouvrira.

Sans rien ajouter, l'homme poursuivit sa ronde entre les feux de camp.

– Ces templiers... dit avec dépit l'homme plus âgé lorsque le chevalier se fut éloigné. Ils sont si arrogants.

– Peut-être, mais sans leur protection, nous ne serions pas ici aujourd'hui. Les brigands ou les Sarrasins nous auraient trucidés bien avant. Depuis un siècle, ils ont guidé des milliers de pèlerins vers la ville sainte et ils n'en ont pas perdu beaucoup. On dit qu'ils sont les meilleurs guerriers d'Occident. Moi, je n'aimerais pas me retrouver devant l'un d'eux sur un champ de bataille. Il paraît qu'ils ont l'obligation de combattre jusqu'à la mort à moins que leurs adversaires ne soient trois fois plus nombreux.

– Soit, je te l'accorde, ils sont courageux et efficaces. Mais on raconte aussi toutes sortes de choses étranges à leur sujet, répliqua le premier. Par exemple, que la protection des pèlerins n'est qu'un prétexte et que leur véritable mission est tout autre. Sous les ruines du temple de Salomon sur lesquelles ils ont installé leur commanderie de Jérusalem et dont ils tirent leur nom, serait enfoui un fabuleux trésor. On dit qu'ils le cherchent depuis plus d'un siècle.

– Bof... Tu sais, moi, tant que leur épée assure ma protection, ils peuvent chercher tout ce qu'ils veulent. De toute façon, qu'ils le trouvent ou pas, leur trésor, je n'en profiterai pas. Quoi qu'il arrive en ce bas monde, les riches s'enrichissent et les pauvres, eux, restent pauvres.

Tout à coup, un cri de terreur retentit dans la nuit.

– Un démon ! s'écria une femme, la voix tremblante. Jésus-Christ, Notre-Seigneur, protégez-nous ! C'est un démon !

Le cri de la pèlerine engendra aussitôt une grande commotion. Tirés de leur stupeur, les voyageurs se levèrent, alarmés, à la recherche du démon qui venait d'apparaître parmi eux. Une fureur incontrôlable s'empara des gens les plus proches de la scène. À l'unisson, hommes, femmes et enfants ramassèrent leurs bâtons de pèlerin et s'élancèrent vers la source de l'agitation. Au son de cris sauvages, bâtons et coups de pied s'abattirent sur une victime encerclée.

– Vade retro, Satanas[1] ! Retourne en enfer, démon ! vociféraient les uns en frappant furieusement.

– Sorcier ! Suppôt de Satan ! Garol[2] ! rageaient d'autres.

En un rien de temps, des mains puissantes saisirent par les bras un garçon aux cheveux noirs vêtu d'une tunique sale tachée de sang séché et de sandales. Sonné, il se rendit à peine compte qu'on lui liait les mains derrière le dos.

– Du bois ! Vite ! ordonna un homme, la voix pleine d'une frénésie meurtrière. Trouvez du bois pour faire un bûcher !

– Oui ! Brûlons ce sorcier ! hurla une femme. Brûlons-le !

– Au bûcher, le sorcier ! cria une vieille.

– Au bûcher ! Au bûcher ! reprit la foule.

---

1. En latin : Arrière, Satan !

2. Loup-garou.

TABLE DES MATIÈRES

Composition PCA
44400 – Rezé

Imprimé en Espagne
Dépôt légal : mars 2009
ISBN : 978-2-7499-0977-4
LAF 1188 A